南町 番外同心3

——清水家

次

第一章　祝杯はお預け

一

　神無月《かんなづき》の半ばを過ぎ、文化《ぶんか》八年（一八一一）も残すところ二月《ふたつき》余り。西洋の暦《こよみ》で十二月を迎える頃、華のお江戸に新酒《しんしゅ》が出回る。

　かつて老中首座だった松平越中守定信《まつだいらえっちゅうのかみさだのぶ》が寛政《かんせい》の幕政改革の一環として、関東の蔵元を優遇し始めて二十余年。酒の地産地消《ちさんちしょう》を目指した政策は定信の失脚後も歴代の老中に受け継がれたが、江戸っ子が値《あたい》を惜しまずに愛飲するのは灘《なだ》に伊丹《いたみ》、池田《いけだ》といった上方《かみがた》の名産地から集められ、船で運ばれてくる下《くだ》り酒だ。

　今年も新酒番船《ばんせん》と呼ばれる特別仕立ての樽廻船《たるかいせん》が冬本番を前に江戸入りし、霊岸島《れいがんじま》の新川河岸《しんかわがし》を賑わせていた。

「へっ、いつものこったが盛況だな。いい匂いがぷんぷんしてらぁ」

「ふむ、今年も呑《の》み助どもが江戸じゅうから集まりおったか」

「般若湯《はんにゃとう》の香りだけで酔うてしまいそうです……」

三人の若者が便乗した伝馬船《てんません》にも、薦被《こも》りの樽がぎっしり。大きすぎて江戸湾の奥まで入れぬ樽廻船から積み替えられた、待望の下り酒である。

「どうだ若様、なかなかの活気であろう」

「まことですね」

連れの一人に問われて微笑む若者は、まだ二十歳を過ぎたばかりと見受けられた。色白で鼻筋の通った細面《ほそおもて》。見るからに品《ひん》の良さげな坊主頭の青年だ。

「霊岸島はいまでこそ酒を始めとする物流の要《かなめ》だが、お江戸に幕府が開かれし往時は水の底だったのだ。我らが住まう八丁堀《はっちょうぼり》に面した波打ち際が三代家光公《いえみつこう》の御世《みよ》に埋め立てられ、当初は寺社地として栄えるも明暦《めいれき》の大火で灰燼《かいじん》に帰してしもうてな、地名の由来となった寺が深川《ふかがわ》へ移され、町人地となりて更なる発展を遂げた次第だ」

「その霊岸島の直中《ただなか》を流れておるのが、これなる新川なのですね」

連れの話を聞き終えて、若様と呼ばれた青年は興味深げにつぶやいた。

もとより本名とは違う。誰が言うともなく冠せられた渾名《あだな》である。

初めの頃は、からかい半分で左様に呼ぶ者も多かった。

だが、いまは違う。

青年の人となりを知る者は、誰もが敬意を込めて『若様』と呼ぶ。

華のお江戸に居着いて、来月で丸一年。

その青年は親が付けた真名《まな》ばかりか、己《おの》が来《こ》し方も覚えていない。

二

河岸が間近に迫り来た。

若様の青々と剃り上げた頭が、水面《みなも》の照り返す西日に煌《きら》めく。

小柄ながら鍛え込まれた体に纏《まと》っているのは、木綿《もめん》の筒袖《つつそで》と野袴《のばかま》。

小脇差《こわきざし》を一振りのみ帯前に差し、後ろ腰に武者修行袋を巻いている。

常着《つねぎ》と思《おぼ》しき筒袖と野袴ばかりか、引き締まった四肢に着けた手甲《てっこう》と脚絆《きゃはん》まで紺木綿の生地から塩を噴いていた。

手甲と脚絆は野良仕事にも欠かせぬ備えだが、江戸暮らしをしていれば草鞋《わらじ》を履く時しか用いない。替えの下帯《したおび》に針と糸、常備薬といった最低限の手荷物を収める武者修行袋まで持っているということは紛《まぎ》れもなく、旅に出た帰りなのだ。

埃ならぬ塩に塗《まみ》れた姿なのは船に乗り、海を渡ってきたが故である。当時の船には甲板が付いておらず、客であっても波に濡れるのは避けられぬことだった。

「まずは装いを改めねばなりませぬね、平田《ひらた》さん」

「左様だな。急ぎ参りたいところだが、この形《なり》のままではお奉行に失礼ぞ」

「だったら、寄り道ついでに一杯《いっぺえ》引っかけようぜ」

辛抱堪《たま》らずに言い出したのは、いま一人の連れの沢井俊平《さわいしゅんぺい》だ。

「何を申すか、沢井？」

「せっかく新川で降りるんだ。ちょっとぐれぇ構わねぇだろ」

呑みたくなるのも、無理はあるまい。

新川の両岸に軒《のき》を連《つら》ねる酒問屋は荷を卸すだけではなく、利《き》き酒の求めにも快く応じてくれる。店先で吟味をした客は口の中に残った酒を河岸に吐き捨てるため、自《おの》ずと周囲に酒の匂いが絶えぬのだ。

「俺たちゃ年が明けても戻って来られるか定かじゃねぇ道中を、たったの一月《ひとつき》半で終えてきたんだぜ。昼酒の二杯《にへえ》や三杯《さんべえ》で罰なんざ当たるめぇよ」

河岸に近付くほど濃さを増す香りの中、俊平は食い下がる。

対する平田健作《けんさく》は、にべもない。

「馬鹿を申すでない。数寄屋橋《すきやばし》へ急ぎ参り、ご報告申し上ぐるが先だ」

「堅《かて》えこと言うなって。お前だって嫌いじゃねぇだろ」

「左様なことは後にせい」

「ちっ。融通《ゆうずう》が利かねぇとこは、がきの頃のまんまだなぁ」

「おぬしこそ幾つになっても、きかん坊のままではないか」

いつもと変わらぬ二人のやり取りを横目に、ふっと若様は微笑んだ。

「ともあれ降りましょう」

二人に告げるや、とん、と船縁《ふなべり》を蹴って跳ぶ。

「流石《さすが》は若様。沢井と違《ちご》うて話が早いな」

「おいおい、俺だけ置いてきぼりにするなって！」

すかさず後に続いた健作を追い、俊平も袴の裾を舞わせて跳ぶ。

若様には及ばぬものの、軽やかな身のこなしである。船着き場に降り立つ際には刀の鍔元《つばもと》を左手で押さえ、鐺《こじり》が傷つくのを防ぐことも忘れない。

共に手甲を嵌《は》めて脚絆を巻き、武者修行袋を腰にしている。

若様を交えた三人で旅に出て、今日まで草鞋を履いてきたのである。

「へっ……足元が揺れていねぇと、かえって落ち着かなくなっちまったぜ」

草鞋を履いた足を踏み締め、俊平は苦笑交じりにつぶやいた。

面構えのみならず体つきも精悍《せいかん》な俊平は、未《いま》だ二十六と思えぬほど貫禄十分。貧乏御家人の屋敷が集められた本所《ほんじょ》の南割下水《みなみわりげすい》で生まれ育ち、少年の頃から腕っ節の強さに物を言わせて界隈《かいわい》の地回り連中を圧倒し、本所ばかりか隣接する深川の一帯にまで顔を売った男である。

その装いは、墨染《すみぞ》めが羊羹《ようかん》色に褪《あ》せてしまった着物と袴。衣替《ころもが》えをする前に旅に出たため、着物は単衣《ひとえ》のままだった。

大小の二刀は鞘《さや》の塗りが半ば剝《は》げ、木地が剝き出し。えらの張った顎に無精髭を生やし、月代《さかやき》も剃らずにいるのは毎度のこと。垢《あか》じみているのも常の如くであったが、長きに亘《わた》った船旅を終えたばかりとあって、全身に潮《しお》の香りが染みついていた。

「右に同じだ。こたびの道中で、体が船に慣れてしまったらしいな」

俊平のぼやきを受けて苦笑いする健作も、磯臭いのは変わらない。

鞘が古びた上に傷んでいるのも同様だったが補強を兼ねて藤蔓《ふじづる》を巻き、上から漆《うるし》で固めてある。

青い着物と袴は粗末ながら洗濯が行き届き、幼馴染みの俊平と同じ貧乏御家人の倅ながら精悍さに知性を兼ね備え、甘い雰囲気を持つ二枚目だ。

新川河岸に降り立った三人は、荷揚げに勤《いそ》しむ船頭衆に手を振って歩き出す。

「それにしても新酒番船ってのは、ほんとに速《はえ》えもんだなぁ」

「まことだな。上方から下田《しもだ》まで優に半月を要するところを、三日と掛からぬとは大したものだ」

「おかげで路銀《ろぎん》がだいぶ余っちまったぜ。風待ちなしで着いたんじゃ、精進《しょうじん》落としに散財する暇もありゃしねぇ」

「罰当たりなことを申すな。若様は言うに及ばず、我らもあの島から離れし後は酒《しゅ》色《しょく》を堅く慎んだ故、神の御加護《ごかご》で風に恵まれたに相違あるまい」

「そりゃ色は慎むさね。島でどっぷり抜かれたからな」

「ならば酒の香り如きで惑うでない。目と鼻の先まで帰り来ながら、画竜点睛《がりょうてんせい》を欠いて何とするのだ」

「仕方あるめぇ。性根《しょうね》を据えて辛抱するとしようかい」

ぼやきながらも、俊平の足取りは軽かった。

「ともあれ無事で幸いだったな」

「はい」

健作と笑みを交わす、若様の表情も明るい。

九州の果てまで至った船旅を終え、華のお江戸に生きて戻った喜びを、改めて嚙み締めているに違いない——。

健作と俊平の眼には、そう見えた。

三

河岸の賑わいに背を向けた三人は、新川大神宮の社《やしろ》前を通り抜けた。

角を二つ曲がった先に見えてきたのは霊岸橋。

亀島《かめじま》川と日本橋《にほんばし》川の合流域に架かる、この橋を渡った先が八丁堀だ。

武家地と町人地が混在する直中には、町方役人——南北の町奉行所に勤める与力と同心が家族と暮らす、組屋敷が建ち並んでいる。

若様たちが足を止めたのは、同心が住む組屋敷の門前だった。

町奉行所に勤める与力は平均して二百坪から三百坪の、同心は百坪の土地と屋敷を御公儀《ごこうぎ》から与えられる。

総面積で四万坪に及ぶ屋敷地を管理するのは、南北の町奉行。

町方役人に非《あら》ざる立場の若様たちが組屋敷に住んでいられるのは、南町奉行の配慮があってのことだ。

「へへっ、ようやっと帰って来られたなぁ」

「のんびりしてはいられぬぞ。お奉行にご無礼のなきように汗を流し、着衣を改むるだけにせい」

安堵《あんど》の笑みを浮かべた俊平に釘を刺し、すっと健作は脇に退《ど》く。

「されば、お先に」

若様は健作に目礼すると前に出て、門を開く。

門と言っても丸木の柱を二本立て、間に片開きの木戸を付けたのみ。屋敷の周りを囲う板塀は低く、背伸びをすれば中が丸見えだ。

若様を先頭にして木戸門を潜《くぐ》った先には、簡素な玄関。

与力の組屋敷が略式ながら武家らしい冠木《かぶき》門で周りに練塀《ねりべい》を巡らせ、玄関先まで玉砂利《たまじゃり》を敷き詰めた上に式台《しきだい》まで備えているのと比べれば質素な限りだったが、一応は庭があり、植え込みもある。

留守の間にさぞ落ち葉が溜まっていることと思いきや、こぢんまりした玄関先には塵《ちり》一つ落ちてはいなかった。

「行き届いたことだ。お陽《よう》殿が来ておられるのかな」

「違うな。銚子屋《ちょうしや》が気を利かせて、人を寄越したのさね」

「いいえ、これは子どもたちがしてくれたことですよ」

「分かるのかい？」

「よくご覧になってください。箒《ほうき》の掃き目がたどたどしいとは思いませんか。それでいて落ち葉ばかりか綿埃《わたぼこり》も見当たらぬのは、しゃがみ歩きをしながら念入りに拾い集めたが故なのです。ほら、庭土に残っておる足跡が深いでしょう」

「ほんとだな。こいつぁ、ちびどもの足跡だ」

「子どもは何であれ、競い合うと夢中になる故な……」

若様の指摘に感心しつつ、俊平と健作は視線を巡らせる。

そこに可愛らしい声が聞こえてきた。

「あっ、若さま！」

「わかさまだぁー」

木戸門を開くなり駆け込んできたのは、二人の幼子。

七つか八つの男の子と、五つばかりの女の子だ。

「ただいま」

嬉々として駆け寄る子どもたちを、若様は笑顔で迎えた。

「へっ、やっぱり掃除をしてくれたのはこいつらかい」

「そのようだな」

俊平と健作は、和気藹々《わきあいあい》の様を横目に笑みを交わす。

幼子たちは二人のことを一顧《いっこ》だにせず、若様に抱き着いていた。

頭をぐりぐりと擦り付けるのは、撫でてもらいたいが故の催促。揃いのおかっぱ頭は男女の別なく、髷《まげ》を結うために必要な髪を伸ばしている最中のものだ。

若様は両手を伸ばし、小さな頭を存分に撫でてやる。

「手習い塾の帰りですか」

「うん！」

「あんちゃんもいっしょだよぅ」

元気一杯に答えた太郎吉《たろきち》に続き、おみよが舌っ足らずな口調で答えた。

幼い少女が丸顔を向けた先には、風呂敷包みを抱えた年嵩《としかさ》の少年。

太郎吉とおみよの兄の新太《しんた》である。

三人の子どもたちは、この組屋敷で若様らと一緒に暮らしている。

今年の春に江戸で猛威を振るった流行《はや》り風邪をこじらせて両親が亡くなり、孤児となったばかりか悪事に巻き込まれたのを、縁《えん》あって助けられたのだ。

三人きょうだいの長男の新太は当年十二。幼い弟と妹は早々に若様に懐いたものの何かと遠慮しがちだったが、将来のために商いの役に立つ勉強がしたいと言い出したのは、この夏のこと。

折しも八丁堀では北町奉行所の定《じょう》廻《まわり》同心の田山雷太《たやまらいた》の組屋敷で従妹《いとこ》の百香《ももか》が私塾を開き、読み書きに加えて和算まで学べる環境を整えていた。渡りに船と喜んだ新太はきょうだい揃って入門し、熱心に通っているのである。

「お帰りなさい若様。沢井さんと平田さんもご苦労様でした」

「なーに、どうってことはねぇやな」

「おぬしも息災《そくさい》で何よりだ。我らが留守にしておる間、不自由をさせたな」

新太に労をねぎらわれ、俊平と健作は笑顔で答える。

若様は無言で顔を向け、しっかり者の少年に微笑みかけていた。

「もしもし、私たちも居《お》りますよ」

和《なご》やかな雰囲気の中、一同に呼びかける声が聞こえてきた。

穏やかながらも威厳のある声の主は、木戸門を潜って姿を見せた五十男。

「これは銚子屋殿、こたびはお世話に相成った」

「おかげで万事上手くいったぜ。かたじけねぇ」

健作ばかりか俊平まで男に向き直り、かしこまって頭を下げた。

「お楽になさってくださいまし。ご無事のお戻りで何よりにございました」

鷹揚な笑みを浮かべて歩み寄る男の名前は銚子屋門左衛門《もんざえもん》。深川で三代続いた干鰯《ほしか》問屋のあるじにして、指折りの分限者《ぶげんしゃ》である。

いまでこそ真面目一筋に過ごしている門左衛門だが、若い頃には勘当をされたほどの放蕩者で、面長《おもなが》の苦み走った顔は女泣かせだった当時を彷彿《ほうふつ》させる。

金にも権威にも尻尾を振らぬ俊平と健作が素直に敬意を表するのも、堅いばかりの人物にはない、練《ね》れた人柄があってのことだ。

「留守の間、子どもたちがお世話になりました」

離れようとしない太郎吉とおみよを抱いたまま、若様も門左衛門に礼を述べた。

「いえいえ、世話を焼いたのは娘ですよ」

「もちろん、お陽さんにもお礼を申し上げる所存です」

「まことですか、若様」

「碌《ろく》なお土産もございませぬが、その分だけ礼を尽くさせていただければと」

「それは重畳《ちょうじょう》」

門左衛門はにっこり笑うと、肩越しに呼びかけた。

「若様は左様に仰《せ》せだよ。さ、早いとこ入っておいで」

「急かさないでよ、おとっつあん……」

恥ずかしそうに答えながら現れたのは、可憐な顔立ちの町娘。

門左衛門の愛娘《まなむすめ》のお陽である。

銚子屋が店を構える深川佐賀町《さがちょう》の小町娘は、今年で十八。

門左衛門が三代目となった後に迎えた恋女房との間に儲けた一人っ子で、亡き母の面影を受け継いだのみならず、父譲りの商才にも恵まれていた。

可憐な容姿に深川育ちならではの気丈さを兼ね備えたお陽は、家財が目当ての輩《やから》に言い寄られても相手にしない。男勝《まさ》りの気の強さに加えて頭の回転が速く、算盤勘定のみならず和算も達者とあって、金肥《きんぴ》と呼ばれる高級肥料の干鰯を求める富農たちの評判は上々。息子の嫁にと望む声が絶えなかった。

それほどまでに出来の良い家付き娘が、ふるふると肩を震わせている。

「お陽さん、大事ありませんか」

若様が心配そうに呼びかけた。

「あるに決まってるでしょ、もう！」

堪らぬ様子で一声上げるや、だっと駆け出す。

幼子たちの上から抱き着かれ、若様は照れながらもお陽を受け止めた。

「ご心配をおかけしました」

「ほんとよ……陰膳《かげぜん》を毎日供えて、ずっと待ってたんだから……」

安堵の余りに泣きじゃくるお陽は、かねてより若様に首ったけ。

昨年の霜月《しもつき》に深川佐賀町に程近い永代橋《えいたいばし》の東詰で行き倒れになりかけて、半死半生の上に記憶まで失っていたのを助けて以来のことである。

「へっ、妬《や》けるぜ」

お熱い様を前にした俊平が、声を潜《ひそ》めてつぶやいた。

「左様に申すな。岡惚れは野暮の極みぞ」

小声で告げる健作は、かつて俊平がお陽に言い寄り、袖にされたのを承知の上だ。

「分かってらぁな。ちょいと言ってみただけだい」

声を潜めて返す俊平の声に、もとより恨みがましい響きはない。

そもそも二人が若様と知り合ったのは俊平が妬心《としん》の赴くままに勝負を挑み、健作が立ち会いをさせられたのが始まりだった。

俊平が若様に挑んだ回数は五十。負けた数も五十。

少年の頃から喧嘩で負け知らずの俊平を寄せ付けぬほど、若様は腕が立つ。

勝負に立ち会い続けた健作は破格の強さに感心し、実力の差を思い知らされた俊作も若様を認めた。なればこそ南町奉行の目に留まり、捕物御用に携わる立場となった若様に合力《ごうりき》することを、二人して望んだのだ。

若様と俊平、健作が任じられたのは番外同心。南北の町奉行所で働く同心の全員が所属する一番組から五番組のいずれにも属さない、員数外の存在だ。

表向きは町奉行所と何の関わりも持ってはおらず、捕物御用に携わる立場の証しと言うべき十手《じって》も授かってはいない。

そんな若様たちが密かに担う御役目は、正規の与力と同心では解決できない事件を追い、天下の御法から狡猾《こうかつ》に逃れんとする咎人《とがにん》を捕らえて御白洲《おしらす》に送り込み、しかるべき裁きを受けさせること。

番外同心が人知れず活躍を始めてから、そろそろ半年が経とうとしていた。

江戸に居着いた若様の日常は満ち足りている。

しかし、安んじてばかりはいられまい。

来《こ》し方を知る者たちが、このまま放っておくとは限らぬからだ。

当の若様が覚えておらずとも、過去そのものが消えたわけではない。

その過去と向き合うことを、若様は覚悟していた。

きっかけとなったのは、こたびの道中。

若様は胸の内でつぶやいた。

（シミズの家と縁づかば、道は自ずと拓ける……か）

旅先の島で授けられた予言の吉凶は定かではない。

それでも臆することなく前を向き、己が進むべき道に歩み出さねばなるまいと心に誓っていた。

四

「お三方《さんかた》は、これから南の御番所《ごばんしょ》に参られるのでございましょう？」

頃や良しとばかりに門左衛門が問いかけた。

御番所とは、町奉行所の正式な名称。南の御番所と呼ばれるのが数寄屋橋の御門内に在る南町奉行所で、呉服橋《ごふくばし》御門内の北町奉行所が北の御番所だ。

「はい。お奉行に急ぎご報告申し上げねばなりませぬ故」

若様は門左衛門に答えつつ、そっと太郎吉とおみよを押し退《の》ける。

「あっ……」

二人の幼子を間に挟んで抱き着いていたお陽も、自《おの》ずと若様から遠ざけられた。

「ひどいや、若さま」

「もっとなでておくれよぅ」

太郎吉とおみよが口々に文句を言った。

頭を擦り付けて甘えたくても、お陽に抱き留められていてはままならない。

「だめよ。若様はこれからお出かけなんだから」

「えー、あたちたちもつれてってよぅ」

「我が儘を言わないの。みんな帰ってきたんだし、お屋敷を綺麗にしなきゃいけないでしょ」

「お庭のごみなら、ぜんぶ拾ったよ？」

「お屋敷の中はほとんど手付かずでしょ。あんたたちも今夜からここで寝起きするんだから、我が儘を言わずに手伝うの！」

抱き留めた幼子たちを放すことなく、お陽は説き聞かせる。

「されば若様がた、まずはお召し替えをなされませ」

太郎吉とおみよが大人しくなったのを見計らい、門左衛門が呼びかけた。

「お召し替えたぁ大袈裟《おおげさ》だぜ、銚子屋」

「左様なことはございませぬ。その酷いお形で御番所に罷《まか》り越されても、門前払いをされてしまうだけですよ」

「もとよりそのつもりで、水浴びと着替えをしに立ち寄ったのだが……」

さしもの俊平と健作も、門左衛門には文句が言えない。

たじたじになっていると、お陽たちまで尻馬《しりうま》に乗ってきた。

「水よりお湯を浴びたほうがいいんじゃない？　二人とも酷く臭うわよ」

「ほんとだねぇ。沢井の兄ちゃんは、とりわけくさいや」

「くちゃいくちゃい、くちゃいよぅ」

不快げに鼻をひくつかせるお陽に続き、太郎吉とおみよも顔を顰《しか》めた。

じろりと見やる相手は俊平と健作。

若様には文句ひとつ付けはしない。

「ひでぇなぁ。扱いが違うにも程があるだろ」

「ぼやくでない、沢井。しかと洗えばよきことだ」

健作は俊平の腕を摑み、井戸端に引っ立てていった。

「しっかり洗ってお出でなさいな。着替えはいつ帰ってきてもいいように、お屋敷内に用意してあるから！」

お陽は二人の背中に向かって言い放つと、若様に向き直った。

「ごめんね若様。できればお湯を沸かして、背中も流してあげたいんだけど……」

「かたじけない。お気持ちだけ、あり難く頂戴します」

もじもじしながら告げるお陽に礼を述べ、若様も井戸端に急ぎ向かった。

お陽と三人きょうだいも、後を追う。

俊平が体を洗うのを手伝ったのは、太郎吉だ。

「すごいあかだったねぇ、沢井の兄ちゃん」

「へっ、おかげさんでさっぱりしたぜ」

心地よさげに微笑む俊平は月代こそ伸ばしたままだが髭を剃り、さっぱりした顔になっていた。

潮の香りは未だ残っているものの、風呂に入るどころか水を浴びるのもままならぬ船旅で溜まった垢はこそげ落とし、手足の爪も切った後。

袖を通した着替えは、屋敷内に用意されていた墨染め。

古着ながら裄《ゆき》も丈《たけ》も体つきに合わせて縫い直し、洗い張りもされている。

江戸を留守にしている間に衣替えの時期を過ぎたため、表地と裏地の間に保温用の綿が詰まった綿入れだ。

こたびの道中で着ていた衣類はすべて、水を張った桶に浸けられた。

こちらを手伝ったのはおみよである。

「わぁ、どろどろだぁ」

鼻をつまみながらも楽しげに、空気を含んで膨らむ生地をつついて笑う。

新太は健作の着替えを手伝っていた。

まずは着物を広げて袖を通させ、帯を締め終えるのを待って袴を手渡す。

「雑作《ぞうさ》を掛けるな」

礼を述べる健作の装いは、以前と同じ青地の着物と袴。

俊平の墨染めと同じ古着だが、日頃から身なりに気を遣っている健作が袖を通すと見栄えが良く、二枚目ぶりが増した感さえあった。

若様の着替えにはお陽がかかりきり。

茶染めの筒袖と野袴は、仕立てたばかりの新品である。

針を取ったのは、もちろんお陽だ。

他人任せにすることなく、夜なべを重ねて縫い上げた。

「あの、帯は自分で締めますので……」

「いいから任せて頂戴。ね？」

嬉々として着替えを手伝う愛娘を、門左衛門は笑顔で見守る。

お陽が若様に寄せる想いの強さは誰よりも理解している。

銚子屋の婿に迎え、四代目を継がせるに申し分ない逸材《いつざい》と、かねてより見込んでもいた。

惚れ込まれて脂下《やに》がるような手合いなら、もとより相手にもすまい。

だが、若様は違う。

お陽の勢いに押されながらも、己が担う御役目を片時も忘れてはいなかった。

「時に銚子屋殿、お奉行はお変わりありませぬか」

着替えを終えた若様が、門左衛門に問うてきた。

「はい、ご壮健でおられますよ」

「他の皆様も、ですか」

「はい。南も北も、特にお変わりはございません」

「とは申せ、何も事件《こと》が起きなかったわけではありますまい」

「左様と申し上げられれば、幸いだったのでございますがね……」

「お聞かせください」

言葉を濁そうとする門左衛門に、若様は毅然《きぜん》と問いかけた。

凛《りん》とした瞳を向けてくるのが頼もしい。

お陽が首ったけになるのも無理はない。

門左衛門まで若様を婿にと望むようになったのは、当人が忘れた過去について独自に吟味を重ねた上でのことだった。

若様は記憶を失いながらも禅宗《ぜんしゅう》の経文を諳《そら》んじており、寺僧《じそう》らしい立ち居振る舞いまで身に付いている。そして、何よりも品が良い。

寺社方に手を回しても未だ確証は摑めぬが、やんごとなき家にて生を受け、何処かの禅寺に預けられて育った身なのは間違いあるまい。

それでいて、若様には捕物の才まで備わっている。

玄関先の様子から幼子たちが手習い塾に通う道すがら、ごみを拾いに立ち寄ったと察知したのは、ほんの序《じょ》の口。

南町奉行に見込まれたのも、必然だったと言うべきだろう。

若様は勘働きが鋭いだけではなく、事件を追い、探索をして廻ることを苦にしない粘り強さを持っている。

所詮は番外の雇われ者と手を抜くこともせず、任を全うすべく取り組む姿勢は常に真摯そのもの。

留守の間に起きた事件について、知っておきたいのも道理であろう——。

門左衛門は隠さず話すことにした。

「去る長月《ながつき》に、浜町《はまちょう》河岸で捕物がございました」

「先だってお連れいただいた、布袋《ほてい》屋という鰻屋があるところですね」

「賊に狙われたのは、その布袋屋でございます」

「それはまた、何故に？」

「布袋屋のあるじは若様もご存じのとおり、いまでこそ真っ当な商いをしておりますが深川で大黒《だいこく》屋と称しておった頃にはお客が忘れた懐中物《かいちゅうもの》を掠《かす》めとり、知らぬ存ぜぬを決め込む小悪党でした」

「まことに性根が改まっておるのか見極めるため、銚子屋殿はわざと紙入れをお忘れになりましたね。あれはお奉行のお指図だったそうで」

「左様でございます。品川《しながわ》宿《じゅく》の新武蔵《しんむさし》屋に同じ探りを入れたことも、若様はお江戸を離れる前に、お奉行様からお聞き及びになられたのでございましょう」

「はい。いずれのあるじも旧悪を恥じ、性根を改めたに相違なしとのご所見でした」

「そのことが、賊の逆鱗《げきりん》に触れたのです」

「されば新武蔵屋も？」

「布袋屋の前に襲われ、火事を装うて丸焼きにされました」

「度し難きことを……」

「お奉行様もご立腹なさり、速《すみ》やかに手を打たれました。北のお奉行にご助勢してのことにございます」

「ということは、捕物は北の御番所が？」

「隠密《おんみつ》廻《まわり》の旦那方がご出役《しゅつやく》され、一網打尽《いちもうだじん》になさいました」

「十蔵《じゅうぞう》さんと和田《わだ》さんに乗り出されては、南の同心衆に出番はありますまい。お奉行には申し訳なき次第ですが……」

「急を要する捕物なれば、致し方ございますまい」

「お奉行にはご報告かたがたお詫びを申し上げましょう。銚子屋殿、言い難きことを明かしてくださり、かたじけのう存じます」

若様はぺこりと頭を下げ、話を聞かせてくれた門左衛門に謝意を述べた。

「へっ、またしても北町の爺様のお手柄かい」

「八森《やもり》十蔵に和田壮平《そうへい》……老いれど侮《あなど》れぬご両人だな」

傍らで聞いていた俊平と健作が、感服《かんぷく》した様子でつぶやく。

俊平が言う『北町の爺様』とは北町奉行所の廻方《まわりかた》で隠密廻の御役目を務める、二人の同心の異名である。

南北の町奉行所でそれぞれ二名を定員とする隠密廻は、三廻《さんまわり》とも呼ばれる廻方同心の束ね役を兼ねている。江戸市中で決まった持ち場を見廻る定廻から遊軍の臨時廻を経た者が就くのが習わしで、八森十蔵と和田壮平は共に還暦を過ぎて久しい老練の男たちだ。重ねた齢《よわい》に裏打ちされた、筋金《すじがね》入りと言ってもいい。

されど、若様は必要以上に構えはしない。

故に気負うことなく言えるのだ。

「沢井さんも平田さんも、左様に恐れ入るには及びませぬよ」

「おぬし、何と申すか」

「そうだぜ若様。あの爺様たちと俺らじゃ格が違いすぎだろ」

「ならば学べばよいのです。あの方々は敵ではないのですから」

思わぬ物言いをされて驚く二人に、若様は笑顔で説き聞かせた。

腕が立つのみならず、巧みな変装術で別人になりすます七変化まで得意とする十蔵と壮平は、若様にとっては良き先輩。こたびの捕物を任せきりにしてしまったのは心苦しいが、それも別の使命があってのことだ。何も恐縮するには及ぶまい。

北町奉行の永田備後守正道《ながたびんごのかみまさみち》が去る卯月《うづき》の二十五日に着任した当初は南町奉行との仲が良好とは言い難く、双方の配下も進んで交流し辛《づら》い有様だったが、正道が後ろ盾と恃《たの》んでいた御側御用取次役の林出羽守忠英《はやしでわのかみただふさ》を見限った上、賄賂三昧《わいろざんまい》の生き方を改めるに至ったことで状況は好転。配下たちの間のみならず、奉行同士も円滑に連携が取れるようになっていた。

五

着替えを終えた三人は、再び玄関に足を向けた。

上がり框《かまち》に立つなり気づいたのは、履物のこと。

「せっかく身なりを改めたのに、草鞋履きのまんまってわけにゃいかねぇよぉ」

「ううむ……道すがら購《あがの》うておくべきであったな」

厳《いか》つい顔を顰める俊平の傍らで、健作も眉間《みけん》に皺《しわ》を寄せる。

「えっ、もしかして草履《ぞうり》を履いて旅に出ちゃったの？」

見送りについてきたお陽が、困惑した面持ちで声を上げた。

健作が面目なさそうにつぶやいた。

若様たちは江戸を離れる際、履き慣れた草履のままで組屋敷を出た。

このたびの道中の殆どは海路であり、船での移動が専《もっぱ》らならば障《さわ》りは無いと判じてのことだったが乗り込んで早々に鼻緒《はなお》が切れ、残った台も海に落としてしまった。

やむなく履き替えた草鞋にもすっかり慣れ、結び紐がちぎれても縒《よ》り直して長持ちさせるのを常とするようになって久しかったが、流石《さすが》に町奉行所を訪れるのに履いてはいけまい。

「致し方ありますまい。埃だけ払《はろ》うて用いましょう」

若様は二人に告げるなり屈み込む。

手を掛けたのは、垢を落とした足に履いていた足袋《たび》である。

重陽《ちょうよう》の節句を迎えると、武士も町人も足袋を履く。

一般に流通した黒足袋は裏地まで黒く染められ、足裏だけが白いものは町奉行所の廻方同心が黒紋付と御成先御免《おなりさきごめん》の着流しに合わせて着用する。

番外同心の若様たちが履いていたのは、お陽が着替えと共に用意した普通の黒足袋だ。そのお陽も履物にまで気が回らなかったのは迂闊《うかつ》なことだが、世話になっている身で文句は言えない。

「お待ちなさいまし」

足袋のこはぜを外して裸足になろうとした刹那《せつな》、門左衛門が若様に呼びかけた。

「左様なこともあろうかと、取り揃えておきましたよ」

笑顔で告げながら取り出したのは三足の雪駄《せった》。

草履の裏に革が厚く張られた雪駄は、丈夫なだけではなく洒落《しゃれ》た履物だ。踵《かかと》の部分に嵌めた鉄が石畳を歩く時、ちゃりちゃりと音を立てるのが粋《いき》とされている。

門左衛門が持参したのは草履の台座が黒く染められた、凝った造りのものだった。

「構わぬのか、斯様《かよう》に値の張りそうな代物《しろもの》を……」

「ご心配には及びません。こたびの儲けのお裾分けですよ」

遠慮する健作に、門左衛門は明るく告げた。

「お裾分けとな？」

「はい。お三方の席を作る代わりに廻船問屋から引き受けた荷が、存外に高《たこ》う売れましたのでね」

「まことか」

「手前の売り物は干鰯ですが、お客様がご入り用とあらば内々に都合をつけることもございます。株仲間に入っておらぬ品を扱うのは厳密に申せば御法度ですが、そこはお目を瞑っていただきましょう」

「もとより咎《とが》めはすまいが……おぬし、抜け目がないな」

「一人前の商人は、損になることは決していたしません。こたびに限らず御役目の上での入用《にゆうよう》は日頃から、頂戴する半人扶持と別口で工面しておりますよ」

若様は本来ならば一人の同心の俸禄《ほうろく》である三十俵二人扶持を、俊平と健作を交えた三人で分け合っている。

つまり一人の取り分は、山分けにすれば十俵半人扶持。

割り切れぬ半人扶持を若様が収めれば、十俵一人扶持となる。

この一人扶持を若様は半分ずつ、三人きょうだいと銚子屋の父娘に渡していた。

扶持は奉公人を養うために現物支給される米で、その量は日に五合。

半分の二合五勺《しやく》でも、新太と太郎吉、おみよが一日に食べる量としては適切だ。

しかし門左衛門とお陽の働きに報いる礼としては、余りにも少ない。

にもかかわらず、門左衛門は若様たちへの協力を惜しまない。長年の商いを通じて築いた人脈を事件の探索に役立て、こたびの道中では船足まで確保してくれた。

行き倒れかけた若様を助けて以来、後見する立場を取り続けている門左衛門ならば当然の配慮と言えようが、三代続く大店《おおだな》のあるじが考えることは甘くなかった。

若様の仲間として働くための報酬は、形ばかりの安扶持で構わない。

しかし差し引きで足を出してしまっては、商人として失格だ。

小遣いの範囲で済む程度であればまだしも、事が大きくなるほど費《つい》えは嵩《かさ》む。

若様を婿に迎えたいと望んでいながら、店の屋台骨を揺るがせては本末転倒。

それだけはしてはなるまいと、日頃から肝《きも》に銘《めい》じていたのだ。

「斯様な次第なれば、ご遠慮のうお使いくださいい」

「かたじけない」

重ねて勧めた門左衛門に礼を述べ、若様はおろしたての雪駄を真っ先に履く。

黒足袋にしっくり馴染む雪駄の台座は、見事な鴉《からす》の濡れ羽色。

「これは良きものですね」

玄関に立った若様は、晴れやかな顔で微笑んだ。

第二章　お奉行危うし

一

組屋敷を出た若様たちは、急ぎ八丁堀を後にした。

新川河岸で伝馬船を降りた時よりも、西日が強い。

時はそろそろ昼八つになろうという頃。南北の町奉行が下城し、正式には御番所と呼ばれる町奉行所へ戻ってくる頃合いだ。

「俺たちの話を聞いて、お奉行は腹を括《くく》ってくださるかねぇ」

「そうしていただかなければ、我らも生きて戻った甲斐があるまい。あの彫物を何故に入れられたのか、得心していただくのみぞ」

互いに歩みを止めることなく、俊平と健作は言葉を交わす。

「あれは呪いの彫物に非ず、背負いし者が生まれながらに持てる力を、より良き形で顕現《けんげん》せしめる祝福の文様《もんよう》……か。若え頃《わけ》のお奉行が命懸けで荒海を乗り越えて、あの島に辿り着きなすったのは無駄骨折りじゃなかったってこったな」

「左様に受け止めてくだされば重畳なのだが、な」

「俺たちにできるのは、島の長老の言ってたことを包み隠さず、お奉行に申し上げることだけさね」

「もとより承知ぞ……」

「しっかりしねぇかい。辛《つれ》えのは俺も同じだぜ？」

「おぬしらしからぬ励ましだな」

「うるせぇや。俺だって、人様に気を遣うことぐれぇあるぜ」

「日頃から左様にしておれば、おぬしにも出世の目はあろう」

「へっ、誰にでもいい顔なんかできるかい」

「それが世渡りの要諦《ようてい》ぞ、沢井」

「知ったことかい。そもそもお奉行のためでなきゃ、こんなに気を揉みはしねぇよ」

「相手が南のお奉行ならば、らしからぬこともできるのだな」

「当たり前よ」

力を込めて言い切る俊平に、ひゅうと北風が吹きつける。

「……冷えるな」

「……うむ」

言葉少なになりながらも、二人は口を閉ざさない。

黙って歩みを進めるのが不安で仕方ないのだろう。

しかし、先を行く若様が抱える不安は、後に続く二人にも増して大きい。

俊平と健作は、すべてを知っているわけではないからだ。

若様だけに明かされた、南町奉行に伝えなければならない事実。

それを当人がどのように受け止めるのか、考えるだけでも気が重かった。

二

若様たちが九州まで旅をする次第となったのは、去る葉月《はづき》の二十六日に発せられた町触《まちぶれ》がきっかけだった。

南北町奉行の名の下に、江戸市中の民に周知徹底されたのは彫物の禁止。実施に先駆けて四人の彫師が召し捕られ、手鎖《てぐさり》の刑に処されたことに市中の民はまず激怒した。

「まったく、ふざけた真似をしちまったもんだ」

「まことだな。お奉行の手際そのものはお見事なれど、迂闊に手を出すべきではなかったことぞ」

当時の彫物は世間で忌避《きひ》の対象とされてはおらず、火消に駕籠《かご》かき、飛脚《ひきゃく》に川並《かわなみ》といった半裸で働く生業《なりわい》に就いた男たちの多くが贔屓《ひいき》の彫師の許《もと》に足を運び、思い思いの意匠《いしょう》を凝らした彫物を入れた。それを町の人々は白眼視することなく、平和な時代の男伊達《おとこだて》と認識し、微笑ましく見守っていたからだ。

そんな風潮に水を差したのが、こたびの町触。

民の怒りを一身に集めたのは町触を発した南北町奉行双方ではなく、南町奉行の根《ね》岸肥前守鎮衛《ぎしひぜんのかみしずもり》のみだった。

当年七十五になる鎮衛は、五百石の直参旗本。

父親と同役の根岸家に養子入りして勘定方で昇進を重ね、出世を目指す旗本たちの羨望の的《まと》である、町奉行に抜擢されて今年で十三年。南の名奉行と讃えられて久しい傑物《けつぶつ》だ。

単に齢を重ねただけで、これほどの名声を勝ち得たわけではない。

歴代の町奉行の中には吟味を配下の与力に丸投げする者も少なくなかったが、鎮衛は些末《さまつ》な事件も疎《おろそ》かには扱わず、真相を的確に見抜いて裁きを下す。

改悛《かいしゅん》の情なき咎人を死罪に処することを辞さぬ反面、情状酌量をする余地有りと見なせば減刑し、判例に必要以上にこだわらない。

過去に出た判決を是《ぜ》とするのが最善とは言い切れぬことを、鎮衛は知っている。

勘定方だった当時には評定所へ出向して留役《とめやく》を務めており、市中の民を裁く事件に限らず武士、それも大名や御大身《ごたいしん》の旗本まで吟味の対象とする、扱いの難しい案件も取り扱ってきた。

司法の経験が豊富なだけに老獪《ろうかい》な駆け引きも心得ており、私人としての付き合いにおいても名声を当てにして群がる人々を言葉巧みにあしらうのを常としながら、遺恨を抱かれるには至らぬ要領を心得ていた。

にもかかわらず、かつてない怒りを買ってしまったのだ。

「あの時は俺ぁ番外の扱いで良かったと思ったぜ。同心どころか与力でさえ町ん中を歩いてるだけで、みんなして睨み付けられてたからなぁ」

「北も南もお構いなしであったな。何の障りもなく御用を務められたのは、身なりを変えることを常としておる八森殿と和田殿ぐらいであろう」

「一番のとばっちりは、南《うち》のお奉行だぜ」

「それは申すまでもなきことぞ。流石にご登城のお駕籠までは襲われなんだが、公事《くじ》の訴えに事寄せて御番所に押しかけ、文句をつける輩は後を絶たなかった故」

「何でぇ、お前も数寄屋橋まで様子を見に行ってたのかい」

「万が一のことがあってからでは、取り返しがつかぬからな。北の前のお奉行だった小田切土佐守《おだぎりとさのかみ》様が慮外者《りょがいもの》に御番所から役宅にまで斬り込まれ、お命まで奪われずとも晩節《ばんせつ》を汚されてしもうたことを思い起こさば、あり得ぬこととも申せまい」

「譲之助《じょうのすけ》さんもそれを案じて、目を光らせていたそうだぜ」

「存じておる。ご子息の杢之丞《もくのじょう》殿もご同様だったらしいな」

「やっぱり考えることは一緒かい」

「さもあろう。火盗《かとう》の長谷川《はせがわ》様が泉下《せんか》に入られて久しきいま、華のお江戸の護りをお任せするに足るのは南のお奉行を措《お》いて他に居られまい」

「まったくだぜ。町の連中も、同じ考えだったはずなんだがな……」

「それほどまでに慕われておられたことが、こたびばかりは災いしたのだ」

「人気があるってのも善し悪しだよなぁ」

鎮衛が十年余りに亘って支持されてきた背景には、若い頃の行状《ぎょうじょう》がある。

生まれ育った屋敷を飛び出し、市井《しせい》で放蕩無頼の日々を送ったという武勇伝《ぶゆうでん》だ。

如何《いか》に才が長《た》けていようとも、堅物では市中の民から支持は得られない。

そして堅物は、市井で人気を勝ち得た英雄を快く思わぬのが常であった。

前の老中首座だった松平越中守定信が、良い例だ。

定信は火付盗賊改《ひつけとうぞくあらため》の長谷川平蔵宣以《へいぞうのぶため》を表向きは重用《ちょうよう》しながら、わざと名前を知らぬ振りをして『長谷川 某《なにがし》』と称していた。

貧乏御家人の倅にすぎない俊平と健作はもとより、武家でも一部の上《うえ》つ方《かた》しか知り得なかったことである。

「長谷川の旦那か……惜しい人を亡くしたもんだぜ」

「あれほどのお方は滅多《めった》に出まいと、父上も常々嘆いておるよ」

「ほんとかい？　生きてりゃ七十《しちじゅう》過ぎのお人のことを、まだ五十前の親父さんがどうして知ってんだ」

「子どもの頃に本所で行き会《お》うて、頭を撫でてもらったそうだ」

「そいつぁ羨ましいこった。暇ができたら俺も話を聞きに行ってみるぜ」

健作の思わぬ話に、俊平は興味津々。

二人と同じ本所の地で生まれ育った平蔵は、今年の皐月《さつき》で十七回忌。

寛政七年（一七九五）に五十一の若さで亡くなった平蔵は、盗賊の捕縛に水際立った腕前を発揮したのみならず、微罪の咎人を更生させるべく授産《じゆさん》の施設として石川島《いしかわじま》に人足寄場《にんそくよせば》を創設し、運営する上でも多大な貢献を果たした。

それほどの功績を上げた平蔵の名を、人一倍几帳面にして信賞《しんしよう》必罰《ひつばつ》を旨とした定信が忘れるはずがあるまい。

定信は寛政の幕政改革を行った際、有能な幕臣を活かすことを重視した。

平蔵も活用された一人だったが、功績に対する恩恵が余りにも少ない。定信が老中の任を解かれた後に将軍の家斉《いえなり》から御褒めに与り、火盗改を長きに亘って務めた功により時服《じふく》を拝領するも出世の機会はついに訪れず、御役目を全うするために費やした私財を補うに足る報奨金や加増も得られなかった。

「長谷川の旦那が町奉行になってたら、田沼《たぬま》の時代が続いてたかもしれねぇぜ」

「少なくとも天明《てんめい》の打ちこわしは防ぎ得たな。さすれば主殿頭《とのものかみ》様の命運も、すぐさま尽きることはなかっただろうよ」

「天明か……何でもありの結構な世の中だったそうじゃねぇか」

「寛政の世となる間際に生まれし我らは恩恵に浴しておらぬが、左様らしいな」

「出遅れちまったのが悔やまれるぜ」

「一概《いちがい》には申せまいが、たしかに惜しかったやもしれぬな」

二人が話題に挙げた天明は、平蔵が最も活躍した時代でもあった。

平蔵が時の老中だった田沼主殿頭意次《おきつぐ》に引き続き、後を受けた定信からも名実共に高い評価を受けていれば、念願だった町奉行の職に就くことができただろう。

しかし、余りにも己と違い過ぎる者を認めるのは、自身の否定に繋がる。

定信は左様に判じたが故、平蔵の出世を阻んだ節がある。

斯《か》くも狷介《けんかい》な一面を持つ定信も、鎮衛のことは認めていた。

勘定方で出世を重ねた鎮衛を佐渡《さど》奉行に、更には勘定奉行にまで抜擢した意次を罪に問い、その意次に取り入って地位を得た者たちを容赦なく罷免《ひめん》し、あるいは切腹を含めた刑に処す一方、鎮衛を変わることなく重く用いた。

南町奉行となったのは定信が老中の職を辞した後だが、その気になれば後任の老中たちを通じて人事に干渉し、出世を阻むこともできたはず。堅物の極みの定信を以《もっ》てしても難癖をつけられぬほど、隙が無かったのだ。

そんな鎮衛も一度だけ、若さ故の過ちに及んでいる。

若き日に銕蔵《てつぞう》と称した鎮衛は身分を隠し、火消役を務める旗本の屋敷に身を寄せて臥煙《がえん》と呼ばれる火消人足に加わった。

鎮衛が生まれた安生《あんじょう》家は、百五十俵取りの小旗本《こっぱたもと》。

微禄とはいえ歴《れっき》とした旗本の息子が、町人の男たちの就く仕事、それも相当な荒くれでなければ役に立たない臥煙となっていたのは、たしかに由々《ゆゆ》しきことであろう。しかし鎮衛は二十二になった年に根岸家へ養子に入り、早々に勘定方の役人として出仕に及んでいる。

以降に歩んだ人生は堅実そのもので、佐渡奉行を務めていた五十前後の頃に書き始めた雑話集『耳囊《みみぶくろ》』の評判も高い。

九巻まで執筆した『耳囊』が世に広まることを鎮衛は望まず、刊行もしなかったが人づてに写本が広まり、いまや旗本仲間ばかりか大名諸侯、そして将軍家においても愛読されるほどの人気を得ている。

もはや過去を取り沙汰されることもない。

このまま行けば鎮衛は、平穏無事に生涯を全うできるはず。

左様に思われていた最中、思わぬ大事が出来《しゅったい》したのだ。

「遠山《とおやま》の若殿はどうしてるんだろうなぁ」

「あれだけのことが起きた後なれば、流石にお屋敷で大人しゅうしておるだろう」

「どうだかな。銚子屋に聞いときゃよかったぜ」

俊平と健作が言っているのは彫物禁止の町触が発せられた数日後、鎮衛が巻き込まれた事件のことだ。

折しも江戸市中は、南町奉行に対する怨嗟《えんさ》の声に満ちていた。

南のお奉行は臥煙に付き物の彫物を、未だ背負っているに違いない。

それなのに、どうして急に取り締まりを始めたのか。

南北の奉行の名で町触を出されても、ごまかされはしない。

永田備後守正道はつい先頃まで豪商たちから袖の下を受け取って憚《はばか》らず、守銭奴《しゅせんど》の汚名を着ることを恥とも思わずにいた男だ。

その守銭奴が人気の彫師を四人も捕らえて見せしめにする手際の良さを、いきなり発揮できるはずがあるまい。

これは南の名奉行、根岸肥前守鎮衛が指図をしたことだ。

話が分かると見せかけて集めた信頼を、裏切ってのことに違いない――。

鎮衛を恨む声は町人から武士の間にまで広がり、一時は南町奉行所が襲撃を受けるのではないかと危惧されたものだった。

故に俊平と健作も鎮衛の身を案じて密かに見守り、側近の内《うち》与力で番外同心の束ね役を務める田村《たむら》譲之助、そして鎮衛の一人息子である根岸杢之丞も身辺の警固《けいご》に目を光らせていたのだ。

　ところが、未だ素性の知れない敵は、思わぬ罠を仕掛けてきた。

　切れ者の目付として知られる遠山左衛門尉景晋《さえもんのじようかげくに》の子息で、鎮衛とも面識のある金《きん》四郎《しろう》を連れ去ったのだ。

　当年十九の金四郎も若き日の鎮衛と同じく旗本の子でありながら屋敷を飛び出して市井に身を置き、無頼の暮らしを送る若者だ。

　彫物を入れているという噂があるところも、鎮衛と同じである。

　敵が金四郎の命と引き換えに鎮衛を呼び出したのは、老若二人の旗本を生け捕って彫物を露《あら》わにさせ、日本橋の高札場《こうさつば》で晒《さら》して恥を掻かせるためだった。

　異変を察した若様と『北町の爺様』らの一同が駆け付け、すんでのところで二人を助け出したものの、実行犯として取り押さえた浪人どもは遠間から撃ち殺され、口を封じられてしまった。

「あん時の得物は気砲《きほう》って、阿蘭陀《オランダ》渡りの飛び道具らしいな」

「風銃《ふうじゆう》とも呼ぶそうだ。鉛の玉を放つに火薬が要らぬ、音無しの銃ぞ」

「俺たちの組屋敷に前に住んでた同心がそそのかされて若様を撃ったやつだな。今年に入って日《ひ》の本《もと》でも作られ始めたそうだが、そんなに出回っちゃいねぇはずだ」

「大原殿《おおはら》を使嗾《しそう》したのは、御側御用取次の林出羽守であったな。したが八森殿に弱みを握られ、北のお奉行に身動きを封じられておるそうだ。それが如何なる悪事の証しなのかは、我らも未だ明かしてもらえぬが……」

「上様の御気に入りで怖いもんなしの御側御用取次が黙っちまうんだから、よほどの代物に違いねぇやな」

「何であれ、遠山の若殿を攫《さら》わせたのは林ではないということぞ」

「となりゃ同じ出羽守で若年寄の水野《みずの》か、小納戸《こなんど》頭取の中野播磨守《なかのはりまのかみ》が黒幕かい」

「いずれにせよ、手強《てごわ》き相手ぞ」

「それにしてもお奉行の彫物を晒しもんにしようたぁ、汚《きたね》えことを考えやがる」

「なればこそ、お奉行は我らに彫物をご披露くださったのだ」

「その上で、俺たちに調べをお命じなすったと」

「さもあろう。敵方に先手を打って公にするにせよ、如何なる経緯で背負うたのかが定かでなくば、お奉行も相手に話の仕様がない故な」

「そういう次第で俺たちゃ九州まで出向いたわけだが……」

「お奉行にご理解いただいても、話を聞いた相手が得心するかは分かるまい」

「どっちにしても、先手必勝だぜ」

「もとよりお奉行はご承知の上ぞ。早《はよ》うお耳に入れねばな」

着替えをしながら門左衛門とお陽に尋ねたところ、市中各所の騒ぎは鎮《しず》まる方向に向かっているという。

しかし、油断は禁物だ。

鎮衛は市中の民から不動の人気を勝ち得ていた身。

旗本仲間を始めとする、武家の人気も上々だった。

なればこそ裏切られたと思い込んだ反発は激しく、抱かれた恨みも深いのだ——。

三

日射しこそ明るいものの、吹き付ける北風は冷たい。

綿入れを着込んでいても身に堪《こた》える寒空の下、若様たちは歩みを進める。

「下々だけならまだしも、上つ方の受けもいいってのは考えもんだよなぁ」

先を行く若様の背中を見やりつつ、ぼそりと俊平がつぶやいた。

単なるぼやきのようでいて、抑えきれぬ怒りが声に滲《にじ》んでいる。

「指図をしたのは小知恵伊豆《こちえいず》か……越中守様の教えを墨守《ぼくしゅ》なされる余り、陰では寛政の遺老《いろう》とも呼ばれておられるらしいな」

応じてつぶやく健作の声も、険《けん》を含んだ響きであった。

小知恵伊豆とは現職の老中首座、松平伊豆守信明《いずのかみのぶあきら》の渾名である。

当年四十九の信明は、三代家光の治世を支えた名老中で知恵伊豆の異名を取った松平伊豆守信綱《のぶつな》の子孫にあたる。

徳川譜代《ふだい》の一大名として三河吉田《みかわよしだ》藩を治める一方、若くして老中に抜擢された折に薫陶《くんとう》を受けた越中守こと松平定信の政策を継承し、反対派から揶揄《やゆ》されながらも幕政の現場を取り仕切る人物だ。

一度は病を理由に職を辞したものの、異国船が日の本の沿岸を脅かし始めた現状に他の老中たちでは対処しきれず、復職を余儀なくされた身でもあった。

「小知恵でも遺老でもいいけどよ、ちょいとやり方が汚かろうぜ」

「ご無礼なれど、姑息《こそく》な話ぞ……」

天下の老中首座を批判する俊平と健作の言葉は、声を潜めながらも止まらない。

鎮衛の立場を悪くした張本人と、察知していればこその憤りだ。

こたびの彫物禁止を望んだのは、南北いずれの町奉行でもない。

老中首座の信明に所望され、やむなく発したものなのだ。

町触は月番の町奉行が独自の裁量によって決定し、町人の束ね役である町年寄を介して周知徹底される。老中の意向を踏まえた場合は惣触《そうぶれ》と称され、指示を出した老中の名前を明記するのが決まりだが、こたびの彫物禁止はあくまで町触。

実施に伴って発生した問題は、町奉行が解決を担う運びとなる。

自ら立案した内容ならば熟練の南町奉行である鎮衛はもとより、北町奉行となって間もない正道も、責任を負って対処するのは当然だろう。

しかし、こたびの町触は本来ならば老中の名義で発すべきことだった。

「小知恵伊豆が狙いは御直参でありながら彫物を入れて憚らぬ、若い御家人の痴《し》れ者どもを取り締まることだったらしい。されど老中として迂闊に乗り出さば、日頃から小知恵伊豆を目の敵《かたき》にしておる、反対派の突き上げを喰らうは必定……故に南北のお奉行を動かして、斯様な真似をさせたのであろう」

「惣触にしなかったのは、手始めに彫師をとっちめるためだったんだろうよ。町人を御縄にするとなりゃ、目付筋より町奉行の出番だからな」

「彫師さえ江戸から締め出さば、客は何もできなくなる。折悪しく彫りかけならば尚のこと、人目を恥じて隠さざるを得まいよ」

「素人が針を遣っても、碌な出来にならねぇしな」

「遊女と交わす入れぼくろが関の山だな。二の腕に彫られし名前ならばたどたどしいのが艶っぽいとも言えようが、花鳥風月が態《てい》をなさねば洒落にもならぬ。彫師に絵師くずれが多いと申すも道理ぞ」

「筆と針じゃ勝手が違うだろ」

「むろん一朝一夕というわけにはいくまい」

「となりゃ、すぐに彫師は増えねぇな」

「その隙に、彫物の人気を下火にしようという魂胆《こんたん》だろう」

「火元が俺たちと同じごろくでなしの御家人どもじゃ、あんまり偉そうなことも言ってられねぇけどよ、ちょいと勝手が過ぎるだろうぜ」

「越中守様の衣鉢《いはつ》を継ごうと気を張ったが故に相違ないが、お奉行方に無理を強《し》いての一手は悪手《あくしゅ》と見なさざるを得まい。ご先祖の知恵伊豆に及ばぬまでも、才に秀でし御仁《ごじん》なのだがな」

「…………」

二人の話に耳を傾けながら、若様は無言で歩みを進める。

少し先へ行き過ぎたらしい。

「待ちなよ若様、そこまで急がなくてもいいだろが」

俊平が追いつきざまに文句を言った。

「どうした？　そんなに汗臭《くせ》えか」

戸惑った様子で俊平が問う。

見返した若様の表情が、常になく険しかったのだ。

「いえ。左様なことはありません」

「そりゃそうだろ。ちびに思い切り擦られたんだからなぁ」

いつもの明るい笑みを返され、俊平はぼやきながらも安堵した面持ち。

続く健作とのやり取りも、屈託《くったく》のないものだった。

「おぬしはあれぐらいで丁度よいのだ。向後《こうご》も湯屋に参る折は、太郎吉をお供にすることだな」

「へっ、がきのお守りなら若様のほうが向いてるぜ」

「言わずもがなのことを申すでない。ほら、数寄屋橋が見えて参ったぞ」

「無駄口をたたけるのもここまでだな」

「そういうことだ。お奉行には何事も、有《あ》り体《てい》に申し上げるとしようぞ」

「合点《がってん》だ」

二人が決意を確かめ合うのを尻目に、そっと若様は右腕を挙げた。

鼻先に持ってきた袖口を嗅いでみる。

少なからず冷汗を掻いてはいたが、鼻を衝くほどの臭いはしない。

この様子ならば鎮衛と対面しても、不快には思われまい。

報告を受ける内容も、俊平と健作の言うことに問題はないはずだ。

しかし若様が明かす話に、鎮衛は最後まで耳を傾けていられるのだろうか——。

四

南町奉行所は千代田《ちよだ》の御城の外堀に架けられた数寄屋橋を渡りきり、付設する御門を潜った先に在る。

表の構えは長屋門《ながやもん》。

那智黒《なちぐろ》の石が敷き詰められた先に見える玄関も、堂々たるものだ。

町奉行所には南北のいずれも、奉行と家族の暮らす役宅が併設されている。

その役宅の中庭で、二人の男が向き合っていた。

装いは、揃いの筒袖と丈の短い野袴である。

柔術《じゅうじゅつ》の稽古をしている最中なのだ。

いずれも生成《きな》りの木綿で、布地を染めていない。

丈夫な着衣に身を固めた男の一人は、六尺豊かな大男。いま一人は年嵩で、身の丈こそ並だが筋骨《きんこつ》の逞しさは見劣りしない。

刀も脇差も帯びてはいない。

共に丸腰で相手と向き合い、組み付く機を窺っていた。

間合いを詰め、近間に踏み込む。

「ハッ」

「タッ」

短い声を発しざまに、がっと組み合う。

高々と投げられたのは、六尺豊かな大男だ。

大きな体を一回転させ、地に降り立つ。

巨軀《きょく》に似合わぬ、軽やかな動きである。

「お見事ですね、譲之助さん」

「若様？」

大男が驚きの声を上げざま、汗に塗《まみ》れた顔で向き直る。

「おぬし……」

いま一人の男も驚きを隠せぬ面持ちでつぶやいた。

「俺たちも一緒だぜ」

「一別以来にござるな。李之丞殿も譲之助殿も、ご息災で何よりぞ」

「おぬしたちこそ、よくぞ無事で戻ってくれた」

年嵩の男が懐かしそうに呼びかけた。

「いつ江戸に着いたのだ、若様？」

「今し方です、李之丞さん。昨夜は船中で泊まりました」

「ということは、新酒番船を使《つこ》うたか」

「はい。銚子屋殿のお計らいで」

「道理で早うに戻れたわけだな」

合点した様子でつぶやく李之丞は、鎮衛の一人息子だ。

「して、本日はまた何故にお《お》庭で稽古を？」

「屋内ばかりで組み合うていては、柔術《やわら》本来の動きが鈍る故な」

健作の問いかけに応じた大男は、内与力見習いの田村譲之助である。

弓馬刀槍《きゅうばとうそう》と共に武士の嗜《たしな》みとされる柔術は、合戦場《かっせんば》で行使された格闘術の小具足《こぐそく》に端を発する武芸である。投げを打つだけではなく当て身を浴びせ、打撃によって敵を倒す技も数多い。

当節は屋内に稽古場を設け、畳を敷いた上で組み合う形となって久しいが、元々は譲之助が言ったとおり、屋外で用いることが前提だ。

受け身一つを取っても着地の際は爪先立ちとなり、体を投げ出すこともしない。

かつて若様が濡《ぬ》れ衣《ぎぬ》を着せられた新太らを救うべく南町奉行所に乗り込み、行く手を阻んだ同心に足軽、小者に至るまでがことごとく失神させられたのも屋外で受け身を取る術《すべ》を知らず、石畳に転がされたが故であった。

「あの時はおぬしも手加減をしてくれた故、誰も骨まで折らずに済んだが、賊が相手とならば話が違う。せっかくの使い勝手良き稽古場なれど、向後は屋外での鍛錬《たんれん》も皆に課して参る所存だ」

武骨《ぶこつ》な顔を引き締めて語る譲之助は二十四の若さにして、南町奉行所の面々に柔術を指導することを鎮衛から任されている。

内与力は町奉行の家臣たちが任じられる御役目で、町奉行所に属する一般の与力と立場が違う。いわば私設の秘書官のような立場であり、主君である町奉行の側近くで御用を務めながら奉行所内を監督するため、自ずと煙たがられる存在だったが譲之助は嫌みを言われても意に介さず、柔術の指導にも熱を入れて取り組んでいた。

同門の兄弟子である杢之丞も労を惜しまず、父の鎮衛に忠義を尽くす弟弟子に日頃から手を貸している。

杢之丞と譲之助が学ぶ柔術は起倒流《きとうりゅう》だ。当て身より投げ技を重んじる流派で、松平越中守定信を始めとする大名や御大身の旗本の門人も数多い。定信に至っては高弟の一人に数えられ、自ら考案した技が宗家《そうけ》から認められるほど研鑽《けんさん》していた。

「腕を磨くのも大事なのは分かるんだがなぁ、お二人さん。まだお奉行はお帰りじゃねぇのかい?」

俊平が焦《じ》れた様子で問いかける。

「案じてくれるには及ばんよ。気晴らしの寄り道だろう」

答えたのは杢之丞だった。

「気晴らしってことは、お忍びでご一献《いっこん》ですかい」

「そういうことだ。月に一度、あるかないかの話だがな」

「へっ、お奉行も隅に置けませんねぇ」

「はは、父上の馴染みはお前さんが思うておるような店ではないよ」

「色っぽい女将が居《お》るような料理茶屋でなけりゃ、頑固じじいが独りで営んでる煮売屋ってとこですかい」

「お寺だよ」

「寺？」

「天明の昔に父上が贔屓にしていた板前に、出家をして住職となるに至った者が一人居ってな。その寺で用意してくれる精進の変わり膳と般若湯が、滅法美味いのだ」

「杢之丞殿もご一緒されたことがあるのでござるか」

「一遍だけ警固役って名目でくっついてったな。ちょいと食い意地を張り過ぎたのが災いして、二度目はずっとお預けだよ」

「へっ、ざまぁありやせんね」

俊平が厳つい顔を綻《ほころ》ばせた。

奉行の子息である杢之丞にまで軽口をたたいて憚らぬのは、打ち解けているが故のこと。もとより無礼を働こうとは思っておらず、番外同心の御役目にも手を貸す労を惜しまない人柄に日頃から感じ入ってもいた。

「左様な次第なれば、ゆるりと待っておればいい。母上に頼んで茶でも淹れてもらうとしようか。それでいいだろ、若様？」

「かたじけのう存じまする」

気さくな杢之丞の配慮に、若様は感謝の笑みで応えた。

一方の譲之助は、兄弟子より堅物であった。

「されば、それがしは殿をお迎えに行って参ろう」

「おいおい譲さん、そんなに急かなくってもいいんじゃねぇか」

「左様なわけには参るまい。殿におかれては一日千秋のご心境にて若様たちの帰りをお待ちになられていたこと、杢さんも常々承知のはずぞ」

「それはそうだが、若様たちも長旅で疲れているだろう」

「この者たちはお奉行から俸禄を頂戴しておる身だ。甘やかしすぎてはなるまい」

「相変わらずだな、譲さんは……」

「行って参る」

言い置くなり踵を返した譲之助を、杢之丞は苦笑交じりに見送った。

五

若様たちは杢之丞の私室に通された。

「おぬしたち、一服したら代わりに相手をしてくれないかい」

「俺でよければ構いませんよ」

「右に同じでござる」

李之丞の呼びかけに、俊平と健作は笑顔で答える。

「されば、私も」

若様も二つ返事で誘いに乗った。

父の鎮衛が老いても壮健なため、李之丞は三十男ながら部屋住みだ。

三人の姉はすでに他家へ嫁いでおり、嫡男《ちゃくなん》の李之丞だけが両親と共に南町奉行所の役宅で暮らしている。

「同じ部屋住みでも、我らとは違うものだな」

「そりゃそうだろ。家禄だけで五百石、役高三千石の町奉行様の跡取りと比べるのもおこがましいやな」

声を潜めた健作のつぶやきを、俊平は何を今更とばかりに一笑に付した。

「禄高のことではない。あの仲睦ましさが羨ましいと思うたのだ」

物憂げにつぶやきながら、健作が視線を向けた先は次の間。

敷居の向こうに、一人の老女の姿が見える。

李之丞に呼ばれてきた、生母のたかである。

鎮衛が根岸家に養子入りして早々に嫁に迎え、苦楽を共にした糟糠《そうこう》の妻だ。長らく男子に恵まれず、四十を前に杢之丞を産んで急速に老け込んだが、持ち前の上品なたたずまいは未だ健在。日頃から率先して家事をこなし、いまも四人分の茶を女中に任せることなく淹れていた。

杢之丞も甲斐甲斐しく、たかの傍らで茶托を並べている。

「……お前さんとこは沢井家《うち》と違って、親子の仲は良かったはずだぜ」

「左様に装うておるだけだ。父上も母上も齢を重ねるほど、俺に対してよそよそしくなるばかりぞ」

「うちの糞《くそ》親父と鬼婆《おにばば》よりは、ずっとましだと思うけどな」

「左様にほざきおるのは、不肖《ふしょう》の息子のおぬしだけだ。沢井の親父殿もご母堂も、お世辞抜きで出来たお人ぞ」

「平田がそう言ってたって、今度伝えておくよ。鬼婆の喜ぶ顔が目に浮かぶぜ」

声を潜めて言葉を交わす内に、茶の支度が調《ととの》った。

「さぁ皆さん、どうぞお上がりくださいな」

「頂戴いたします」

たかから供された茶を、まず手にしたのは若様だ。

続いて俊平と健作も手を伸ばし、湯気の立つ碗を取った。

添えられた甘味は羊羹。

厚めの二切れに黒文字《くろもじ》が添えられている。

若様はもとより健作も、口に運ぶ所作は練れたもの。

日頃はがさつな俊平も、節くれ立った指を慎重に捌《さば》いた。

六

南北の町奉行は予期せぬ窮地に立たされていた。

正しく言えば、立つこともままならない。

手足をがっちり縛り上げられ、埃だらけの板敷きに転がされていた。

二人が襲われたのは下城の際に示し合わせ、乗物を迂回させて立ち寄った寺の中。

鎮衛と三十年来の付き合いとなるという板前あがりの住職が腕を振るった精進料理の膳に舌鼓《したつづみ》を打ち、度を越さぬ程度に般若湯を酌み交わして語り合い、そろそろ帰宅しようかという時に出来した凶事《きようじ》であった。

当て身を喰らって失神し、縛り上げられた態で連れ込まれたのは境内の楼閣《ろうかく》。

二階に昇るのに用いた梯子段《はしごだん》は、階上に引き上げられている。

すでに住職も拘束され、庫裏《くり》と廊下続きの納所《なっしょ》に放り込まれた後である。小坊主と寺男も住職と共に囚われ、助けを呼べる者は誰も居ない。

本職の盗人さながらの手際を発揮したのは、ただ一人の男だった。

「へっへっへっ、案ずるより産むが易しってのは、こういうのを言うんだろうぜ」

ひとりごちる声は落ち着いた響きである。

見たところ、年は三十前。

背が高く、顔は面長。

顎も目立って長かった。

鼻梁は低いが、筋が長い。

まさに馬面といった顔形である。

双眸《そうぼう》が黒目勝ちなのも馬のようだが優しげな印象はなく、むしろ酷薄《こくはく》。

薄い唇が冷たい雰囲気を更に際立たせている。

引き締まった長身に纏っているのは、藍染めの半纏《はんてん》と股引《ももひき》。

半纏の前を大きくはだけ、厚い胸板を覗かせている。

その胸に彫物があった。

左乳の上から顔を出しているのは、一匹の竜。

右乳には尻尾が見える。

胴体は背中を一周する形で彫り込まれているのだろう。全身を覆う彫物が未だ存在しなかった当時としては、かなり大きな絵柄であった。

これほどの彫物が完成するまでに伴った苦痛は、尋常一様《じんじょういちよう》ではなかったはずだ。

その苦痛に耐え抜いただけでも、ただの荒くれとは違うと分かる。

しかし、いまにも始めようとしているのは、悪しき所業に他ならない。

「待っててくれよな、安藤《あんどう》の坊ちゃん。一番弟子の勝三《かつぞう》が南のお奉行の彫物を見事に暴いて、お前さんを派手に売り出してやっからな……」

窓の枠木越しに差す西日が、つぶやく男の横顔を照らしている。

不意を衝かれて気を失った二人の町奉行は、未だ目覚めぬままだった。

七

「何としたのだ若様。いつもより動きが鈍いぞ」

李之丞が怪訝《けげん》そうに呼びかけた。

中庭で一通り組み合い、移動した先は屋内の稽古場。

俊平と健作は杢之丞の投げを受け損ね、仲良く足首を捻ってしまったため、たかが奥《そこ》で手当てをしてくれている。

若様は杢之丞と共に屋内の稽古場へ移動し、畳敷きの上で技を掛け合っている最中であった。

「相すみません。ちと考え事をしておりました」

「稽古の最中に気を散らせてもろうては困るな。しかと頼むぞ」

「心得ました。ですが杢之丞さん、本日はこれまでにさせてください」

「どうした?」

「譲之助さんのお帰りが遅いのが気になります」

「うむ、言われてみれば左様だな」

「お奉行が懇意《こんい》にしておられるお寺と申されるのは、かなり遠いのですか」

「いや、歩いても四半刻《しはんとき》(約三〇分)とかかるまい」

「譲之助さんの足ならば更に早うございますね」

杢之丞の答えを聞いて、若様は確信した。

鎮衛の身に、何か良くないことが起きている。

下城中にお忍びで寄り道をするのは今日に始まったことではないとあって、他の者は誰も心配をしていない。

家人の李之丞とたかでさえ不審に思っていないらしいが、若様は先程から胸騒ぎが止まなかった。

鎮衛がいつも下城する時分から、すでに一刻（約二時間）が経とうとしていた。行きつけの寺までの片道が四半刻ならば、往復で半刻（約一時間）。

鎮衛専用の駕籠の担ぎ手として根岸家が抱える陸尺《ろくしゃく》は、全員が六尺に届かぬまでも背が高い。もとより足は達者であり、駕籠を担いで進む速さは、譲之助が普通に歩くのとそれほど変わらぬはずだ。

未だ歓《かん》を尽くしている最中であるとも考えられるが、譲之助が馳せ参じ、予定より早く若様たちが江戸に戻ったと知らせたのなら、早々に帰路に就いたはず。若様たちが旅先から持ち帰る答えは、鎮衛が何を措《お》いても知りたいことだからだ。

半刻そこそこで数寄屋橋へ着いていてもおかしくないのに、遅すぎる。

「隙ありっ」

李之丞が投げを打ってきた。

若様は機敏にかわしざま、勢い余った体《たい》を崩す。

遅れることなく腕を取り、畳に転がったのを引き起こす。

「杢之丞さん、ご足労をおかけしますが案内《あない》をしてください」

「し、承知」

静かな気迫に圧《お》されるがまま、杢之丞は答えた。

折しも俊平と健作が戻ってきたところであった。

「どうした若様、目が怖いぜ」

「稽古の見取りだけでもと思うて参ったが、何としたのだ」

「お奉行をお迎えに参ります。ご一緒に来てください」

戸惑う二人を促す声も、有無《うむ》を言わさぬ響きを帯びていた。

八

勝三は生来、気の短い質《たち》である。

生まれながら体格に恵まれた上、柔術使いだった父親に幼い頃から鍛えられてきたとあって、喧嘩になっても滅多に歯が立つ者はいない。

投げ技に先んじて覚えたのは当て身。

それより早く身に付けたのは、相撲で言うところの喉輪《のどわ》であった。
大きな手のひらで摑みざま、喉を下から圧迫する。
その握力を以てすれば、一握りしただけで青竹が割れる。
並外れた剛力《ごうりき》を発揮する右手の五指《ごし》が、いまは絵筆を握っていた。
「ご免なさいよ、南のお奉行さん」
気を失ったままの鎮衛に向かって一礼し、空いた左手を襟元に掛ける。
いよいよ彫物を露わにさせ、描き写し始めようとしていた。
すでに画仙紙《がせんし》は用意済み。
広げられた紙の上に差す、窓越しの日差しが強い。
夕日となる間際の西日であった。
冬の日没は、釣瓶落《つるべ》としの秋にも増して早いもの。
武士が夜間に外出するのはもとより御法度だ。
徒歩でのお忍びは大目に見られても、駕籠と馬の使用は厳禁。
下城の帰りに寄り道し、遅くなるなど論外だ。
左様な決まりなど、勝三は斟酌《しんしゃく》する気もない。
頭に有るのは江戸っ子たちが怒りを抱きながらも関心を寄せて止まずにいる、南の名奉行の彫物を暴くことのみ。

以前に鎮衛を連れ去った浪人どもは、人質に取った金四郎と一緒に日本橋の高札場で晒し者にしようと企《たくら》んだが、勝三が選んだ手段は筆写。

当人を裸にして白日《はくじつ》の下に晒すのと異なり、妄想で描いただけの代物と見なされる可能性が高いことは、勝三とて承知の上だ。

しかし絵筆で事をなさねば、危ない橋を渡った意味がない。

食いつく版元《はんもと》を探し出し、刷り物にして江戸じゅうにばらまきたい。

その一念で南北の町奉行を襲い、虜《とりこ》にするという暴挙に及んだのだ。

「うぬ、止《よ》さぬかっ」

勝三を背後から一喝《いっかつ》したのは正道。

先に意識を取り戻したものの、縛り上げられていては手も足も出せない。

「肥前守殿！　根岸殿っ」

気を失ったままでいる鎮衛に呼びかけても、目を覚ます兆《きざ》しは皆無。

つい先程まで正道の相手をしていた勝三も、もはや一顧だにせずにいる。

縛られた鎮衛の装いは、常着《つねぎ》の羽織と袴であった。

登城する際に纏った裃《かみしも》は寺を訪れて早々に脱ぎ、御目見以上の身分の証しとされる熨斗目《のしめ》の綿入れに羽織を重ね、袴を穿いていた。

勝三は熨斗目の下に着けていた襦袢《じゅばん》ごと、太い指で摑み締める。

待望の一瞬を目前にして喉が鳴る。

諸肌脱《もろはだ》ぎにさせようとした瞬間、窓の枠木が弾け飛んだ。

飛び込んできたのは坊主頭の青年。

勝三が正道の相手をしていた隙に屋根まで登り、庇《ひさし》を摑んで躍らせた五体で枠木をへし折ったのだ。古びた楼閣とはいえ、容易に成し得ることではあるまい。

「てめぇ誰だっ」

勝三が怒号を上げて襲いかかった。

握った筆を放しざま、相手の首を狙って右手を繰り出す。

摑んだ先には何もない。

青年は着地と同時に前転したのだ。

床に着いた両手を軸にして、野袴を穿いた足が飛ぶ。

機敏に放った足刀《そくとう》が、勝三の長い顎を捉えた。

操《あやつ》り手を失った傀儡《くぐつ》の如く、勝三は倒れ込む。

文字どおりの一蹴だ。

坊主頭の青年——若様が振るう拳法は、唐土《もろこし》から伝来した武術。

拳法が発祥した少林寺《しょうりんじ》の僧が人体の急所を狙って的確に繰り出す技は、相手の体の内まで衝撃を届かせる。故に一撃で抵抗する力を奪い、失神へと誘うのだ。

勝三が気を失ったのを見届けると、若様は正道に向き直った。

帯前の小脇差を抜き、縄を切る。

「ご無事で何よりでした、北のお奉行」

「痛み入る。したが身共《みども》は大事ない故、肥前守殿を介抱して差し上げよ」

正道は謝意を述べながらも、若様が手を貸そうとしたのを断った。

「心得ました。和田さんが境内までお越しにございます故、後はお任せしましょう」

「かたじけない……肥前守殿がお目を覚まされたらば、不覚を取りて面目ないと備後守が申しておったと伝えてくれ」

「承知つかまつりました。さればご免」

自力で身を起こした正道に立礼すると、若様は勝三が階上に引き上げていた梯子段に歩み寄った。

後から正道も降りられるように架け直し、鎮衛を抱き上げる。縛り上げていた縄はすでに断たれた後だった。

九

暮れなずむ空の下、白髪頭の二人連れが数寄屋橋に向かっていた。

北町奉行所で隠密廻を務める、八森十蔵と和田壮平。

人呼んで『北町の爺様』の二人である。

探索に出ていた十蔵は知らせを受けて呉服橋御門内の北町奉行所に急ぎ戻り、壮平が連れ帰った正道の無事を確かめた後だった。

「お互《たげ》えにとんだ骨折りだったなぁ、壮さん」

「左様に申すな八森。共にご無事で何よりだったと思わぬのか」

「もちろん南のお奉行にゃ文句はないさね。情けねぇのは俺たちより若《わけ》えくせに不覚を取った、北《うち》のお奉行だけよ」

「我らと比べて何とする。それにお奉行は来年で還暦《かんれき》ぞ」

「そうだなぁ。じじいになっても矢面《やおもて》に立ってる俺たちのほうが、どうかしているのだろうぜ」

「無駄口を叩いておらずに早ういたせ」

ぼやく十蔵を急き立てて、壮平は歩みを速める。

瘦身《そうしん》に纏っているのは、染めが渋い黄八丈《きはちじょう》に黒紋付。

黒紋付の裾は内に巻き、二本差しにした角帯の後ろ腰に挟んである。

廻方同心の特徴の一つとされる巻き羽織だ。

いつもであれば何かしら変装をしているが、今日は下城が遅い正道を探しに出向くまで同心部屋で書き物にかかりきりだったため、常の装いで一日を過ごした。

「壮さんに急かされちゃ、のんびり歩いてもいられねぇなぁ」

ぼやきながら後に続く十蔵は、町人を装った身なりのままであった。

老いても頑健な体に古びた綿入れを着込み、裾をはしょって継ぎ接《は》ぎだらけの股引を剝き出しにしている。

今日の変装は菜飯《なめし》売り。軽食として稲荷寿司《いなりずし》と共に人気の菜飯をお櫃《ひつ》に詰め、椀と箸を収めた籠と共に天秤棒《てんびんぼう》で担いで歩く商いだ。売り切って空にしたお櫃は同心部屋に置いてきたので、いまは両手が空いていた。

「南の番外連中、ちょうどいい頃合いで江戸へ帰ってきたもんだな。若様が首尾《しゅび》よく片付けてくれなきゃ、俺と壮さんが出張るしかなかったろうぜ」

「これも南のお奉行のご人徳であろう」

「その人徳ってやつを、北のお奉行にも持ってもらいてぇもんだな」

「声が大きいぞ」

壮平は言葉少なに十蔵を窘《たしな》めた。

早足で先を急ぐ二人の前方には一挺《ちょう》の駕籠。

休養を取るように勧められたのを押し切って北町奉行所を後にした、正道を乗せた駕籠であった。

十

南町奉行所の玄関に夕日が差している。

「おぬしたち、本日は面目なき次第であった」

一同を自室に迎え入れるなり、鎮衛は真摯な面持ちで詫びを述べた。

「お手を上げてくだされ、肥前守殿」

堪《たま》らず呼びかけたのは正道だ。

他の面々はいたたまれぬ面持ちで、鎮衛よりも深く頭を下げている。

やむなく鎮衛は口を閉ざし、両の膝に揃えた手を下ろす。

それを見届け、正道は若様たちに向き直った。

「皆の者、ゆめゆめ心得違いをいたすでないぞ。こたびのことは肥前守殿の落ち度に非ず、側近くに居りながら、曲者《くせもの》一人に不覚を取りし身共が悪いのだ」

「備後守……」

「肥前守殿も左様にお心得なされ。宜しいな？」

戸惑う鎮衛に念を押す、正道の口調に含むところはない。

守銭奴であることを恥じずにいた姿勢を改め、若かりし頃の正義感を取り戻したが故のことだった。

「流石は俺たちのお奉行だ、見事な判官《はんがん》ぶりでございやす」

「何を申すか八森、控《ひか》えおれ」

「まぁまぁ、それより事の経緯を改めて話しやせんか」

「私からもお願いいたします」

頃や良しと割り込んだ十蔵に続き、若様も願い出る。

続いて鎮衛まで言い出した。

「備後守、おぬしの口から言うてくれるか。わしが気を失《うしの》うておった間に起きたことを存じておるのは、おぬししか居らぬ故な」

「……貴公が仰せとあらば、異は申しますまい」

正道は再び若様たちに向き直り、予期せぬ襲撃の経緯を語った。

その上で一同が議論を交わした結論は、同様の事件が繰り返される可能性が極めて高いと判じざるを得ないこと。

ならば鎮衛が背負う彫物について何らかの形で公表し、これ以上の詮索を断ち切るべきだと十蔵は意見を述べた。

もちろん、安易に踏み切れることではない。

鎮衛の彫物は江戸っ子好みの意匠とは別物の、古《いにしえ》の文様であるからだ。

そのことについて語ったのは、若様と俊平、健作の三人。

北町奉行所の面々が来訪する前に、鎮衛と話をした上でのことだった。

「やはり倭人伝《わじんでん》の頃から続くものでござったか……」

感慨深くつぶやいたのは壮平だ。

金四郎と共に鎮衛が連れ去られかけたのを救け出した際、初めて目《ま》の当たりにした時から口にしていた所見であった。

「彫られた者の心気を調え、気の巡りを高める彫物ですかい。それでお奉行は江戸にお帰りになってから、心眼を自在に使えるようになられたんでございやすね」

「左様に聞いて、わし自身も得心したのだ」

十蔵の言葉を受けて、鎮衛はつぶやいた。

五十余年前に九州へ旅立つまでの鎮衛は望まずして視界に入り込み、あるいは語りかけてくる数々の亡霊に、日々悩まされるばかりであったという。

その力を己が意思によって制御し、事の真偽を見極める心眼として活かせるようになったのは、彫物をされた島から江戸に帰った後のこと。

それから根岸家へ養子に入り、勘定方の役人として出仕する身となったのだ。

鎮衛が前向きに生きて出世を重ね、南の名奉行と呼ばれるに至ったのは、あの彫物のおかげだったわけである。

しかし一同が納得したとはいえ、誰もが分かってくれるとは限らない。

「俺は得心しやしたが、こいつぁ有り体に明かしたとこで信じる奴が限られちまう話でござんしょうねぇ。平田篤胤《あつたね》なんぞは喜び勇んでお奉行に根掘り葉掘り訊いてくるに違いありやせんが、そんなことになったら御役目にも障りが出やすぜ」

「さもござろう。お奉行が神道《しんとう》に理解の深きお方であられることは、もとより存じており申すが、あの手の者たちに付きまとわれるのは甚《はなは》だ難儀な次第にござろう」

十蔵と壮平が述べた意見に一同は黙り込む。

鎮衛も上座で腕を組み、口を閉ざしたままでいた。

二人の言葉は正鵠《せいこく》を射たものと受け取らざるを得ないだろう。

江戸っ子は、異なる世界に寄せる関心がもとより深い。

在りし日の平賀源内《ひらがげんない》が風来山人《ふうらいさんじん》の雅号《がごう》で綴《つづ》った『風流志道軒伝《ふうりゅうしどうけんでん》』を皮切りに、海の向こうに摩訶《まか》不思議な国々が存在すると設定された物語を多くの作家が手掛け、その手の話の第一人者とも言える滝沢馬琴《たきざわばきん》が誕生するに至っている。

御府外の津々浦々で暮らす人々の中には、江戸土産の読本《よみほん》や絵草紙《えぞうし》に描かれた架空の異国が実在すると思い込んでしまった者が、一人ならず居るだろう。

しかし江戸っ子は、続々と生み出される物語が作りごとだと分かっている。

鎮衛の彫物の来歴は、その手の作り話そのものだ。

真実として明かしたところで、まともに受け取る者は多くあるまい。

それも南の名奉行と呼ばれた人物が言い出せば、どうかしていると見なされるだけであろう。

「殿……」

同席していた譲之助が辛そうにつぶやいた。

そのつぶやきを受け、鎮衛は閉じていた目を開く。

「まだ打つ手は残っておるぞ、おぬしたち」

「まことにございまするか、殿っ！」

譲之助が勢い込んで問いかけた。

「心配をかけたの、田村」

謝意を込めた視線を譲之助に返すと、鎮衛は話を切り出した。

「そのことに触れる前に、皆に打ち明けておかねばならぬ話がある」

「…………」

居並ぶ面々は期待を込め、一言とて聞き漏らすまいとばかりに耳を澄ませる。

ただ独り、若様だけは未だ表情が冴えぬまま。

鎮衛が思いついた策を疑ってのことではない。

俊平と健作を交えた報告で、一つだけ明かせなかったことがあったのだ。

二人と共に辿り着いた、玄界灘《げんかいなだ》の離れ島にて教えられた話である。

鎮衛に施された彫物が、生来の心眼の力を高めたのは間違いない。

しかし、その効能にも自ずと限りがある。

江戸に戻った鎮衛は、心眼を余りにも使い過ぎた。

とりわけ多く用いたのは、南町奉行となった後のこと。

十年余りに及んだ酷使は、鎮衛の命を少しずつ削ってきた。
先頃から急に心眼の力が増したのも、燃え尽きる前の蠟燭《ろうそく》に等しきこと。
これより先の多用は控え、余命を保つを第一とさせるべし——。

第三章　彫物からくり

一

「されば殿は巷《ちまた》の噂に違《たが》わず、お若き頃に臥煙をしておられたと？」

鎮衛から思わぬことを明かされて、譲之助は耳を疑った。

まことしやかに市中の風聞として囁かれ、それを数多《あまた》の者が真に受けたが故に今日の事態に至ったのは、もとより承知の上である。

しかし、真相を知る者には未だ会ったことがない。

古株の内与力として南町奉行所で共に働く父の田村又次郎《またじろう》も、日頃から覚えがないと言っている。

五十年余りも昔の話とあれば、生き証人が少ないのも当然だった。

そもそも生まれていなければ、証言をするどころではない。

居並ぶ一同の中で該当するのは、鎮衛に次ぐ年長者である北町奉行所の三人だ。

「和田、おぬしは耳にした覚えがあるか？」

譲之助は勢い込んで問いかけた。

「申し訳ないが存じ上げてはおらぬ。私は縁あって医術を学び、工藤《くどう》先生のご門下に加えていただくまで、郷里にて籠の鳥が如き扱いを受けておったのでな……」

老いても端整な細面に愁いを帯びて答える壮平は、当年取って六十四。

「されば八森、おぬしはどうだ」

「すまねぇが右に同じだ。俺は源内のじじいと知り合うまで、秩父《ちちぶ》の山から出たこともなかったからな。南のお奉行が評定所で留役をしていなすった頃の評判なら、江戸に来て早々に聞いた覚えがあるけどよ、根岸の家に入りなさる前のことまではなぁ」

厳つい顔に苦笑を浮かべる十蔵は、相方《あいかた》の壮平より一つ上の六十五だ。

壮平の郷里である長崎《ながさき》は言うに及ばず、十蔵が生まれ育った秩父の山里も、気軽に江戸に出られる場所ではない。

人づてに耳にする風聞も、大きな事件がほとんどだ。旗本の子が火消人足になったという、江戸っ子以外にとっては些細《ささい》な話が、いちいち伝わるはずもない。

最後に答えたのは正道だった。

「備後守様は江戸のお生まれなれば、何ぞお聞き及びではござらぬか」

「肥前守殿が二十歳前後と申さば、身共が四つから六つにかけての頃だの」

「物心がつく年なれば、覚えておられることも多うござろう？」

「能《のう》を習い始めたのはしかと覚えておるが、風聞まではのう。肥前守殿のお役に立ちたいのはやまやまなれど、面目なきことぞ」

暗い面持ちで答える正道は今年で六十。鎮衛より十五も下である。

江戸生まれの江戸育ちであっても年少の身で市中の噂、それも幼子の関心が薄い話を記憶しているはずがあるまい。

「やはり、おぬしたちでも存じておらぬか」

譲之助と三人のやり取りを見届けて、鎮衛は何故か微笑んだ。

「申し訳ない、肥前守殿」

「詫びるには及ばぬぞ備後守。おぬしたちの答えは、わしが望んだとおりであった」

「どういうことだ。身共らは揃いも揃うて、与り知らぬと」

「それでよいのだ。礼を申すぞ」

「肥前守殿……」

正道は戸惑いを隠せない。

傍らに座り込んだ譲之助も、どうして鎮衛が笑っていられるのか分からずにいる。

しかし十蔵と壮平は何かを察したらしく、事の成り行きを黙して見守っていた。

二

鎮衛は明るい笑みを絶やすことなく、やはり困惑していた一同に向き直った。

「このとおり、わしが臥煙をしておった頃の話を直《じか》に見聞きした者など、滅多に見つかるものではない。事実か否かを誰も存ぜぬままに噂だけが、斯くも長きに亘りて伝えられてきただけなのじゃ」

「されば、これまで一度も取り沙汰されたことはなかったのでござるか？」

壮平が念を押すように問いかけた。

「そうだのう、根岸の家督を継いだ当初は何もなかったが、評定所にて留役の御用を仰せつかりし後は、昔の話を持ち出しおる不心得者が一人ならず居ったの」

「お調べに手心を加えさせんとしての脅しにござるな」

「袖の下を受け取らねぇと、そういう奴が出てくるもんでさ」

壮平のつぶやきを受け、十蔵が覚えのある様子で苦笑した。

「左様な卑怯者どもを、お奉行は何とされたのですか」

今度は若様が問いかけた。

「動かぬ証しを取り揃え、ぐうの音《ね》も出ぬようにしてやるのが常であったよ」

「左様でしたか……」

若様は複雑な面持ちで頷いた。

鎮衛の心眼を以てすれば、真の咎人を見抜くことができる。

罪に問うべき相手が誰なのかさえ先に判明すれば、的を絞って調べを進めることにより、物的な証拠は自ずと揃う。

切れ者の留役として、評定所に詰めた期間は五年。

異能《いのう》を活用するようになったのは、その頃からなのだろう。

その力に限りがあることを知った若様としては、憂《うれ》えずにはいられない。

鎮衛の話は続いていた。

「後に勘定吟味役を仰せつかり、千代田の御城中に出仕する身となりし後には旗本と御家人のみならず大名からも同じ真似をされたが、いずれも噂の域を出ぬことしか知らずに仕掛けて参る半端者での、空とぼけるのは容易であった。主殿頭様へ讒言《ざんげん》に及びし者も居ったようだが、すべて握り潰してくださったそうだ」

鎮衛が八年に亘って務めた勘定吟味役は老中の配下に属し、御公儀の財政に関わる諸事を検証する監査役だ。この御役目に就いている間は勘定奉行の下から離れる形となるため、勘定方の内部で見つかった不正も告発できる。そうなれば元の上役や同役から恨みを買うことになるが、田沼主殿頭意次という強力な後ろ盾を得ていた鎮衛に手心は無用であったに違いない。

「その後も、昔の話をされたことはございやしたか」

十蔵が先を促すように問いかけた。

「天明の世となりて佐渡奉行に任じられる頃には、面と向かって持ち出されることも無《の》うなった。折しも『耳嚢』を綴り始めし頃であったが、材を求めて会うた者たちに昔を蒸し返されることもなかったわ。臥煙の足を洗《あろ》うてから、その頃でも三十年近くが経っていた故な」

「根も歯もねぇ噂と思われるぐれぇ、時が過ぎたと」

「そういうことじゃ、八森」

「そのままで済んでりゃよかったのに、賽六《ぜいろく》の騙《かた》り野郎がとんだ最後っ屁《ぺ》をかましやがったわけですね」

「言うても詮無《せんな》きことぞ」

十蔵が挙げたのは、彫物を巡る疑惑を再燃させた一件だ。

去る文月《ふづき》に、小伝馬町《こでんまちょう》の仏具屋を隠れ蓑《みの》としていた騙りの一味が御縄にされた。手代《てだい》と女中を装わせた子分に指図し、悪質な信用借りをさせていた仏具屋のあるじの名は善吉《ぜんきち》。本名を吉兵衛《きちべえ》という、大坂《おおさか》生まれの悪党だ。

この大坂吉兵衛には佐渡送りにされた前科があり、かつて佐渡奉行を務めた鎮衛と因縁のある相手。鎮衛が赴任してから間もなく御赦免《ごしゃめん》にされたため直に関わることはなかったものの、模範囚となることで現地の人々の信用を得た吉兵衛が多額の金子《きんす》を融通させ、証文を取り交わさなかったのを幸いに逃げおおせた一件は『耳嚢』の三巻目に『悪業その手段も一工夫ある事』と題して綴られた。

鎮衛はこの事実を吉兵衛の御赦免後に知るに及び、被害に遭った人々の話を調べて廻った上で記事にしたのだ。

吉兵衛が密かに江戸に舞い戻って名前を変え、佐渡で騙り取った大金を元手に仏具屋を構えていると判明したのは、鎮衛の心眼が力を増したが故のこと。手元に置いている『耳嚢』の原本に目を通すと、その箇所に綴られている悪人の現在の有様が紙背《しはい》に視えるようになったのである。改心した者は白い光の中に、未だ悪事を重ねている者は澱《よど》んだ暗がりの中に姿が浮かぶのだ。

鎮衛が紙背を徹して突き止めた先に若様は譲之助と二人で乗り込み、一味を御縄にしてのけた。

南町奉行所の御白洲で取り調べを受けた吉兵衛は、齢を経て白髪頭となりながらも腹の底までどす黒い、救いようのない外道《げどう》であった。

死罪に処されるより辛い、生き地獄を見せるべし。

左様に判じた鎮衛は江戸所払いの裁きを下し、付加刑として家財を没収。吉兵衛が騙りを重ねて貯め込んだ大金を余さず召し上げ、被害に遭った人々に行き渡るように取り計らった。

裁きを受けた吉兵衛は江戸市中から追放され、その後の姿を見た者は居ない。

ところが姿を消す前に、由々しき置き土産を残していったのである。

「お奉行の彫物は椿の花だって書き立てた瓦版屋は店を畳んじまいやしたし、吉兵衛がお江戸に舞い戻った様子もありやせん。ネタを売った礼金で食いつなぐにも限りがありやすし、悪運尽きて野垂れ死んだのかもしれやせんぜ」

「左様やもしれぬな……いまは黒き濁りが視えるばかりで、姿は浮かんで参らぬ故」

「手前の腹からあふれ出た、どぶ泥ん中に沈んじまったんですかね？」

「吉兵衛が行方はどうあれ、異なる話が出回ってしもうたのは事実ぞ」

「重ね重ね、はた迷惑な野郎でございやしたねぇ」

十蔵がぼやくのも無理はなかった。

無一文で江戸を追われることとなった吉兵衛が、金策と意趣《いしゅ》返しを兼ねて瓦版屋に売り込んだのは、御赦免前に佐渡でたまたま目にした、鎮衛の彫物の図柄であった。

「瓦版のせいで椿の花ってことにされちまっておりやすが、ほんとはお日様でござんしょう」

「左様。正しく申さば日の輪じゃな」

「島の長老も、左様に申しておられました」

鎮衛の答えを受けて、若様が言い添える。

若様が言う『長老』とは、こたびの道中で渡った島を統べる者。

若き日の鎮衛に彫物を入れさせたのは、亡き先々代の長老だったという。

その島において若様は鎮衛の話のみならず、己自身に関わることまで明かされた。

当代の長老が鎮衛を凌《しの》ぐ異能の力を発揮して得た予言に従うことを、すでに若様は決意している。

だが、いまは鎮衛の抱える問題を解決するのが先であった。

この場に集まった一同は、すでに鎮衛から彫物を見せられている。

その一部である両肩の日論《にちりん》のみを吉兵衛は目撃し、打ち首を連想させて不吉と言われる椿の花だと、遠目に見誤ったと気づかぬままに瓦版屋に証言したのだ。

かくして南の名奉行が背負う彫物は、事実と異なる形で江戸市中に広まった。

まことしやかに五十年余りも囁かれ続けてきた噂の真相が、一部とはいえ明らかにされたのである。

やはり南のお奉行は彫物を入れていた。

にもかかわらず町触を発し、禁止に及ぶとは何事か。

そう思い込んだ彫物贔屓の江戸っ子たちは激怒し、こたびの町触を立案した張本人と見なした鎮衛を非難して止まずにいる。

この機に乗じて名前を売らんと鎮衛を襲い、彫物を描き取ろうと企んだ勝三は返り討ちにしたものの、同じことを考える輩が再び現れぬとも限らない。

ならば十蔵が提案したとおり、先手を打って公表すべきだ。

南の名奉行が往来で肌身を晒すわけにもいかぬ以上、文章なり絵なりを公開すれば吉兵衛の証言が誤りだったと明らかとなる。不吉とされる椿の花を敢《あ》えて選んだわけではないことも、自ずと立証できるだろう。

しかし、あの彫物は余人の理解が追い付くまい。

有りの儘《まま》を見せることにより、更なる弊害《へいがい》が生じかねない。

鎮衛は如何なる策を用い、この難局を乗り切るつもりなのだろうか——。

三

一同が沈黙する中、十蔵が鎮衛に問いかけた。

「伺ってもよろしいですかい、お奉行」

「構わぬ」

「あの勝三って撥ねっ返りを、一体どうなさるんで」

「わしが直々に八重洲《やえす》まで連れ参る。左様に申したはずぞ」

それは鎮衛が臥煙だった過去を一同に明かした際、合わせて宣したことだった。

若様に一蹴された勝三は気を失ったままの状態で連行され、南町奉行所内の仮牢に拘束されている。

本来ならば小伝馬町の牢屋敷に身柄を送って収監させるべきだったが、鎮衛はそれには及ばぬと指示を出し、未だ留め置かれたままであった。

「お奉行の大事《だいじ》を暴こうとしやがったのを罪にも問わず、そのまんま帰しちまったら懲りずに同じことをしでかしやすぜ。お彫物を拝まれちまった後なら御放免を見返りに黙らせるってのも有りでしょうが、何も見ちゃいねぇんでござんしょう。御目付筋に引き渡し、咎を受けさせるべきなんじゃありやせんかい」

「……………」

「お答えくだせぇやし」

口を閉ざした鎮衛に、十蔵は重ねて問いかける。

呈した苦言の内容は、町方役人として当然の見解である。

十蔵は口調こそ伝法《でんぽう》だが、御役目に取り組む姿勢は常に真摯。清濁《せいだく》を併《あわ》せ呑むことも心得てはいるものの、御定法の番人としての気概は強かった。

「控えよ、八森」

鎮衛の傍らに座った正道が命じても、聞く耳を持たない。

「すみやせんが黙っていておくんなさい」

「うぬ、何を言いおるかっ」

「止さぬか、備後守」

声を荒らげた正道を、鎮衛が押しとどめた。

「肥前守殿……」

「町奉行にあるまじきことを言うておるのは百も承知じゃ。八森ならずとも得心しかねるのは無理なきことぞ」

「……実を申さば、身共も左様にござる」

「さもあろう。町方の御用を司《つかさど》る身として、当然のことぞ」

正道の言葉を受け、鎮衛は頷いた。

黙して答えを待つ正道をそのままに、鎮衛は十蔵に視線を戻す。

「八森、おぬしを見込んで頼みがある」

「何でございやすかい、お奉行」

険を含んだ声で十蔵は答える。

鎮衛は気分を害した素振りも見せず、続けて問う。

「聞いたところによると、おぬしは絵師との縁が深いそうだの」

「絵師、ですかい」

思わぬ問いかけをされた十蔵は、虚《きょ》を衝《つ》かれた面持ちだ。

構わずに鎮衛は言葉を続けた。

「司馬江漢《しばこうかん》は四十年来の付き合いにして組屋敷の間借り人。のみならず葛飾北斎《かつしかほくさい》とも昵懇《じっこん》の間柄なのであろう？」

「……よくご存じでございやすね」

「構えるには及ばぬぞ。何も咎めるつもりはない」

気色《けしき》ばんで見返す十蔵に、鎮衛は穏やかな笑みで応じた。

「長崎屋に逗留せしカピタンから教えてもろうたのだが、異国の絵師は枠木を組んで布を張り、その上に絵を描くと申すのはまことか」

「カンヴァスのことでございやすね。うちの駱駝《らくだ》……江漢も絹張りにしたのを使っておりやすよ」

「そのかんばすとやらは描いた絵を上塗りし、描き直すのが常だそうだの」

「へい、左様でございやすが……」

「わしの思惑に気づいたらしいの」

不意に黙り込んだ十蔵を、鎮衛は変わらぬ笑顔で見やる。

しばしの間を置き、十蔵は口を開いた。

「……俺に頼みてぇってのは、そういうことですかい」

「左様。わしの背中の彫物を、当たり障りのなき絵柄に描き直してはもらえぬか」

「それを勝三に描かせてやり、土産に持たせてやろうってことですかい？」

「流石の察しの良さだの、八森」

「そんなこたぁありやせん。ここまで言っていただかねぇと気が付かねぇたぁ、俺もまだまだでございやすよ……」

恥じた様子でつぶやく十蔵を前にして、他の面々も得心していた。

鎮衛は勝三に情けをかけて、罪に問うことを免じたわけではない。

乗り込んできたのを幸いに、彫物に付きまとう風聞を一掃する所存だったのだ。

「若様」

鎮衛がおもむろに視線を転じた。

「わしは体に障りなきことと判じたが、おぬしはどう思うかの」

それは鎮衛が彫物を入れられた玄界灘の離れ島に渡り、詳細について知るに及んだのを踏まえた問いかけだった。

「大事ないと存じまする、お奉行」

気負うことなく、若様は答える。

鎮衛の彫物は、皮膚を覆う意匠だけの存在ではない。

針を刺すと同時に込められた気が五体を巡り、異能の力を制御すると同時に心身を活性化させ、本来ならば長くはなかった鎮衛の寿命を延ばした。

その効能も限界に近付きつつあるものの、彫物を上塗りすることで影響が出るには至らない。左様なことも必要になるだろうと、島の長老から助言もされていた。

「されば八森、雑作を掛けるがよしなに頼むぞ」

「心得やした。駱駝を連れて参りやすんで、ちょいとお待ちになってくだせぇ」

鎮衛と十蔵の弾むやり取りを横目に、ふっと若様は息を吐く。

真に鎮衛が控えるべきは、異能の力を用いるのを控えること。

その話をいつ切り出すか、黙って思案に暮れていた。

四

勝三はふてぶてしい限りの男であった。

仮牢に入れられて二日が経っても懲りることなく、格子の前でがなり立てていた。

「おい、いつまで放っとくつもりだい！」

牢番を任された中間《ちゅうげん》が咎めても、聞く耳など持ちはしない。格子の間から六尺棒を突き込まれても摑んでへし折り、歯を剝いて追い散らすほどだった。

「こちとら覚悟はできてんだ。どうとでもしやがれい！」

「黙りおれ、騒ぎ立てると容赦せぬぞ」

駆け付けた譲之助が叱りつけても、勝三は平気の平左《へいざ》。

「黙らせたけりゃ舌でも引っこ抜きやがれ。お前ら町方役人は地獄の鬼みてぇなもんだろが」

毒を吐く口調は滑《なめ》らかそのもの。

若様に顎を一蹴されても、骨まで傷めてはいないのだ。

若様が振るう拳法は有情《うじょう》の拳。

蹴りもまた同じである。

その優しさも、勝三にはまったく通じていない。

「俺を大人しくさせたけりゃ、あの坊主頭を呼んできて番をさせろい。地獄の道連れにしてやっからよぉ」

「…………」

「どうした？　腹が立ったんなら抜けばいいだろ」

譲之助が腰にした刀を見ながら、勝三はふてぶてしく言い放つ。

挑発に応じることなく譲之助は、傍らで怯《おび》えていた中間たちに向き直る。

「こやつを出してやれ」

「田村様？」

「な、何を仰せになられますんで？」

「殿のご下命だ。早ういたせ」

有無を言わさず命じる様を、勝三は格子の向こうから啞然《あぜん》と見返していた。


仮牢から出された勝三は、御白洲に連れて行かれた。

すでに日は沈んでいた。公事の訴えも締め切られ、奉行所内は静まり返っている。

「おいおい、俺の側に付いてなくてもいいのかよ？」

「いいから大人しく座ってろ」

「妙な真似をいたすでないぞ」

戸惑う勝三に告げたのは、蹲《つくばい》同心の二人組。

御白洲に咎人を連行し、取り調べ中も側近くで目を光らせるのが御役目だが、どうしたことか勝三を置いたまま、早々に立ち去っていく。

「よろしいのですか宇田《うだ》さん、お奉行に万が一のことがあったら……」

「そのお奉行のお指図なんだから仕方ねぇだろ。立ち会うどころか見ることも相ならねぇたぁ解《げ》せねぇこったが、仰せとあらば是非もねぇやな……」

老若二人の蹲同心は、声を潜めて言い合いながら姿を消した。

取り残されたのは勝三のみ。

取り調べに欠かせない書役《かきやく》同心の姿も見当たらない。

勝三は訳が分からぬまま、夜のとばりが下りた中で膝を揃える。

きっちりと縛られてはいるものの、その気になれば引きちぎるのは容易《たやす》い。

しかし見張りも付けずに放置されては、かえって逃げる気が失せる。

これは何かの罠なのか。

わざと逃がして斬り捨てようという算段なのだろうか。

そのようなことを仕組むには及ぶまい。

死を以て罪を報いさせたいのなら、御目付筋に引き渡せばいい。

南北の町奉行を襲った勝三は、死罪に処されて当然の大罪人だ。

浪人の倅なので一応は士分だが、腹の切り方など教わってはいない。

亡き父親から仕込まれたのは、戦国乱世の合戦場で行使された小具足を柔術として洗練せずに、そのまま伝えたような荒技ばかり。

もとより荒事《あらごと》しか能のない身にできることは自ずと限られ、行き着いた先が雇われ火消の臥煙だった。

その仲間内でも粗暴が過ぎて煙たがられ、爪弾《つまはじ》きにされていた勝三に親身になってくれたのが、火消役同心の安藤父子だった。

先代の源右衛門《げんえもん》はすでに亡く、跡を継いだ重右衛門《じゅうえもん》は当年十六。未だに『坊ちゃん』と呼んでしまう、幼さを残した青年だ。

その重右衛門の切なる願いを、勝三は応援していた。

できることなら刀を捨て、絵師として世に出たい。

余技としてしか認められずとも、筆を執りたい。

周囲の誰にも言えぬ胸の内を、勝三にだけ明かしてくれたのだ。

しかし、勝三に言わせれば重右衛門は大人しすぎる。

名のある絵師に入門を願い出て断られ、落胆しているどころではあるまい。

世に出たければ余人に頼らず、己が手で道を開けばいい。

常道《じょうどう》にこだわることなく、奇策を弄《ろう》しても構うまい。

そう教えても重右衛門には訳が分からぬらしく、困った顔で微笑むばかり。

焦れた末に勝三は決意した。

江戸っ子たちが関心を寄せて止まずにいる、南町奉行の彫物。

それを暴いて描き取り、売り出せば一気に評判となるはずだ。

もとより勝三自身が名を売るつもりはない。

敬愛する重右衛門の名で描き、絵師として世に出る好機を作る。

絵筆の扱い方は御用の合間に重右衛門にせがんで学び、それなりの域に達している自負があった。

思わぬ邪魔さえ入らねば、上手くいっていたものを――。

「これ、何をぼーっとしておるか」

暗がりの向こうから、張りのある声が聞こえた。

同時に蠟燭が灯されたのか、ふっと前方が明るくなる。

一人の男が勝三を見下ろしている。

装いは肩衣《かたぎぬ》と長袴。

町奉行の正装だ。

「根岸肥前守……」

久方ぶりに拝んだ顔は、見紛《みまが》うことなき南の名奉行。

「久しぶりだの、勝三とやら」

呼びかける声の張りは、齢を感じさせぬものだった。

五

「お奉行さん、こいつぁどういう魂胆だい」

勝三は戸惑いながらも鎮衛に問いかけた。

持ち前の猛々《たけだけ》しさも、流石に勢いを欠いている。

それを侮ることもなく、鎮衛は微笑んだ。

「そのほうの忠義に免じ、過日の所業を罪には問わぬ」

「ほんとかい?」

「わしが元はおぬしと同じ立場であったことを、噂に聞いて存じておろう」

「そいつぁもとより承知だけどよ、それだけじゃ理由にならねぇだろ」

「理由ならば、いま一つある」

「な、何でぇ」

「そのほうが身を寄せておるのは、八重洲の火消屋敷であろう」

「それがどうしたってんだい」

「わしが臥煙をしておったのも、そこだったのじゃよ」

「お奉行さんも？」

「と申しても、五十年余りも前のことだがの」

鎮衛は懐かしそうに微笑んだ。

勝三に向けられた眼差しは、変わることなく穏やかそのもの。無礼討ちにされても文句の言えぬ所業に及んだ、大罪人を見る目とは思えなかった。

「……お奉行さん」

勝三は意を決して問いかけた。

「何じゃ」

「今度は頭を下げて頼みてぇ、いや、お頼み申します」

口調を改めた勝三は、後ろ手に縛られたままで深々と頭を下げた。

「お奉行のお彫物を、どうか描かせてやってください！」

鎮衛が無言で見守る中、真摯な口調で訴えかける。

「……それはまた、何故だ」

「お奉行が仰せの忠義を尽くし、お役に立ちたいお人のためでございます」

「そのほうが上役の火消役同心、安藤重右衛門かの」

「左様でございます」

「過日にそのほうが申しておったことならば、北の奉行から聞いておる。あれほどの所業に及びし理由らしからぬ、稀有《けう》な話と思うたものぞ」

「呆れたのなら、ご存分にお笑いください」

「いや、それは無礼というものぞ」

「お奉行……」

「斯くも決意が固いとあらば、是非もあるまい」

「それじゃ、お彫物を」

「道具をつかわす故、しばし待て」

思わず顔を上げた勝三の前に、譲之助が姿を見せた。

勝三が座る莚《むしろ》に並べられたのは、御用にされた際に取り上げられた絵道具一式。

「寒空の下なれば長くは待てぬ。早《はよ》うせい」

そう前置きをした上で、鎮衛は勝三に背中を向けた。

肩衣を外し、下に着ていた熨斗目の袖を右、左と脱いでいく。

露わになった両の肩には、椿ならぬ牡丹《ぼたん》の大輪。

肩から背中にかけて見て取れたのは、花鳥風月《かちょうふうげつ》の絵柄だった。

よほど腕のある絵師が描いた下絵を、彫師が忠実に再現したに相違ない。

勝三は無我夢中で筆を走らせた。

道具箱に添えて譲之助が持ってきた絵の具には、これまで見たことのない色のものも交じっている。

「お奉行のお志だ。遠慮のう使うがいい」

「かたじけない」

譲之助に礼を述べながらも、勝三の筆は止まらない。

もとより目は良いほうだ。

灯されたのが行燈《あんどん》では見て取るのが難しかっただろうが、蠟燭を連ねた光があれば障りはない。

素人なりに稽古を重ねた絵筆の捌きに澱みはない。

筆を執る勝三の胸の内も、かつてなく澄み切っていた。

六

「どうした駱駝、そんな顔して?」

「誰が駱駝じゃ、この山猿め」

十蔵は御白洲の様子を見守りながら、傍らに座した男に毒づかれていた。

男の名は司馬江漢。

在りし日の平賀源内の高弟の一人にして、同い年ながら十蔵の兄弟子に当たる人物だ。西洋の銅版画の技法を日の本に取り入れたことで知られる江漢は、高名な絵師であると同時に蘭学への造詣《ぞうけい》も深く、大名諸侯からの支持も厚い。

それほどの大物と気安く接するのみならず、駱駝呼ばわりをするのは十蔵ぐらいのものだろう。

「そんなに顔を顰めるこたぁねぇだろ。ますます河童《かっぱ》に似ちまうぜ」

「こやつ、駱駝では飽き足らずに河童呼ばわりかっ」

「お前さんの働きにゃお奉行も感謝をしていなさるぜ。お前さんが書いてる御政道の批判は見て見ぬ振りをしてくださるそうだ」

「当たり前じゃ。あれほどの仕事をただでやらせおって」

「よそで散々稼いでるんだからいいじゃねぇか。埋め合わせに俺んとこの間借り代をまけてやるから勘弁してくんな」

「版元の手配までさせおって、いつもながら人使いの荒いことじゃ」

毎度の如く怒りながらも、江漢は声を潜めるのを忘れない。

鎮衛の背中を画布に見立てて絵筆を振るったことは、齢を重ねても衰えぬ探求心を大いに刺激する経験だった。

若い頃に入れた彫物が加齢とともにたるんだ様まで再現するため、手を貸したのは医者あがりの壮平である。

その壮平も十蔵の隣で膝を揃え、御白洲を無言で見守っている。

雪がちらつき始めても、勝三が走らせる筆は止まらない。

鎮衛も寒空の下で身じろぎもせず、諸肌を脱いだ背中を向け続けていた。

第四章　連《つら》なる浮世絵

一

彫物の一件で鎮衛は二日に亘り、出仕を控えた。

風邪をこじらせたと装って、役宅の私室に籠もった上のことである。

初日は十蔵の手引きで江漢を密かに招き入れ、壮平を交えた三人がかりで下地作りに専念した。

二日目は乾いた下地に朝から筆を入れ、花鳥風月の見事な図柄が完成。日が暮れるのを待って御白洲に出座し、勝三に描き取らせたのである。

その時を抜かりなく迎えるべく、鎮衛は老骨に鞭打った。

地肌の彫物を塗り隠し、上から描くのに用いた絵の具は水気に弱かった。汗を掻いただけでも滲《にじ》んでしまうため、暖を取ることも許されない。

布擦れも大敵とあって鎮衛は御白洲に出る間際まで諸肌脱ぎになったまま、火の気のない中で過ごさざるを得なかった。

勝三が満足した面持ちで仮牢に戻っていったのを見届けるや気を失った鎮衛を抱え上げ、湯殿に運び込んだのは譲之助。冷えきった体を温めて背中を流したのは、たかと李之丞である。

筆を執った江漢はもとより補佐役の十蔵と壮平も、冷えと疲労で困憊《こんぱい》していたのは同じこと。残り湯に浸かった後は組屋敷まで引き揚げるのもままならず、役宅の一室に並べて取ってもらった床の中、日が昇っても泥のように眠りこけていた。

「備後守様、左様な次第にございますれば……」

「心得た。おぬしも大儀であったな」

「恐れ入りまする」

「八森たちまで雑作をかけたが、よしなに頼むぞ」

「ははっ」

朝一番で見舞いに寄った正道は鎮衛との面会を謝絶した譲之助をねぎらい、数寄屋橋を後にした。

二

「備後守、肥前守は本日も出て参らぬのか」

今朝も独りで出仕に及んだ正道に、松平伊豆守信明が問いかけた。

「届けに違わず、明日まで叶わぬことと存じまする」

正道は素知らぬ顔で信明に答えた。

鎮衛が休まざるを得なかったのは、配下の与力に代行させることが可能な奉行所内での執務だけではない。

南北の町奉行は千代田の御城に朝から登り、昼を過ぎるまで本丸御殿の芙蓉《ふよう》の間に詰めることを義務付けられている。

定刻は朝四つから昼八つ。冬の時間で午前十時半から午後一時半。

主な御用は老中とのやり取りだ。

老中たちの御用部屋に呼び出され、決済を受けるのが必要な案件に限らず、諮問があれば随時答える。

町奉行の一人が欠勤すれば諮問は残る一人に集中するため、正道は昨日から片時も気が抜けずにいたが、鎮衛が耐え抜いた苦労を思えば何程のこともなかった。

病欠の届けは余裕を見て、三日で申請されている。

にもかかわらず、信明は鎮衛が早めに出てくることを期していたのである。

鎮衛に対する信頼が、それほど篤《あつ》いということだ。

先達《せんだつ》の松平越中守定信から寛政の幕政改革を受け継いで、天下の御政道を牽引する老中首座は当年取って四十九。

病身を押して復職した上に御用繁多とあって痩せており、顔色も悪い。一回り近く上の正道のほうが髪こそ白いものの色つやが良く、恰幅《かっぷく》も良かった。

「伊豆守様こそ、お顔の色が優れませぬぞ」

「身共のことは構うに及ばぬ」

正道の気遣いを意に介さず、信明は問いかける。

「備後守、はきと答えよ」

「ははっ」

「風邪と申すのは偽りにて、重き病の床に臥しておるのではあるまいな?」

「昨日も申し上げましたとおり、ただの風邪にござる」

「まことか?」

疑わしげに見返す視線を、正道は毅然と受け止めた。

日頃から快く思われていないのは、もとより承知の正道だ。

前の北町奉行の小田切土佐守直年《なおとし》が去る卯月に急逝し、後任を速やかに決める必要に迫られた際に正道が選ばれたのは、信明が望んだことではない。

推挙するどころか強硬に異を唱え、有能なれど賄賂を贈らねば御用の手を抜くとの悪評の絶えぬ正道の就任を阻もうとするも押し切られ、断腸の思いで承認した人事であった。

たしかに当初は信明に危惧されたとおりの有様だった正道だが、いまは違う。

腐りきっていた性根を改め、日々の御用に取り組んでいるつもりだが、積年の悪評を払拭《ふっしょく》するには未だ至らぬようである。

正道は葛藤《かっとう》を面《おもて》に滲ませることなく、信明に向かって告げた。

「今朝も数寄屋橋へ見舞いに立ち寄りて、奥方の話を聞き申した。大事を取らせるにしても一両日中には床上げが叶うとの由にござる」

「さすれば、命に別状はないと申すか」

「ご懸念には及びませぬ」

「ならばよい。肥前守も年が年なれば、どうしても案じられての……」

信明は安堵した面持ちで息を吐いた。日頃から鎮衛を信頼し、恃みにして止まずにいるが故の反応であった。

この信頼を、揺るがせてはなるまい——。

「邪魔をしたの、備後守」

信明は険のない口調で正道に告げた。

「本日の御用については追って伝える故、しばし待て」

「ははっ」

正道は折り目正しく一礼し、立ち去る背中を見送った。

三

芙蓉の間を後にした信明は、御用部屋に向かった。

老中たちが執務する御用部屋は、御錠口《おじょうぐち》の近くに設けられている。

文字どおり錠前の付いた戸口を潜《くぐ》った先が中奥だ。

大奥の手前に当たる中奥は、将軍が一日の殆どを過ごす場所。

歴代の徳川将軍で他に類を見ないほど子沢山な家斉も例外ではなく、大奥に昼日中から渡るのは、御台所《みだいどころ》の近衛寔子《このえただこ》と中食《ちゅうじき》を共にする時ぐらいのものだ。

家斉は御三卿《ごさんきょう》の一橋《ひとつばし》徳川家から将軍家の養嗣子《ようしし》に迎えられ、義理の父となった先代将軍の家治《いえはる》の急死に伴って、徳川十一代将軍の座に着いた。家治の嫡男で文武両道に秀でていた家基《いえもと》が生きていれば、あり得なかった話である。

十五で将軍となった家斉も、今年で三十九である。

若くして老中職に就いた信明は、家斉の成長を間近で見てきた一人である。

年明けに四十となる家斉は、壮健にして精力旺盛。

曽祖父の八代吉宗《よしむね》譲りの逞しさは、まったく申し分がない。

知勇兼備《ちゆうけんび》の吉宗と違って学問に身が入らず、好む書物も軍記物が専らではあるが頭の回転は早く、政務について上申すれば的確な意見を述べる。

それを知っているが故、信明は歯がゆい。

家斉は磨けば更なる光を放ち、名君となる可能性を秘めている。

しかし家斉の周囲には、その可能性を損なわせて憚らぬ不忠者が数多い。

その不忠者の一人が臆面《おくめん》もなく、信明に声をかけてきた。

「お早いご出仕にございまするな、伊豆守様」

快活な声の主は水野出羽守忠成《みずのでわのかみただあきら》。

当年五十になる若年寄だ。

「……出羽守か」

信明はじろりと忠成を見返した。

「おぬし、朝から魚を喰ろうて参ったな」

「おや、毎朝欠かさず磨いておるのですが臭いましたかな」

忠成は悪びれることもなく、白い歯を見せて微笑んだ。

精悍な顔は三つ違いの信明より若々しく、体つきも逞しい。

「文昭院《ぶんしょういん》様の御法会《ごほうえ》はまだ済んでおらぬのだぞ。おぬしは来る二十四日には孝恭院《こうきょういん》様の御霊廟《ごれいびょう》への御代参《ごだいさん》も控えておる身なのだぞ」

歴代将軍の月命日の代参は、主に老中が仰せつかる御役目だ。

忠成は老中より格下の若年寄だが、家斉が将軍職に就く以前から御側近くに仕えてきた御気に入り。こたびの代参に限らず、日頃から目を掛けられている。

「向後は慎め、出羽守」

「ご無礼をつかまつりました。肝に銘じまする」

詫び言を口にしていても、忠成の態度に誠意はない。

「……死にぞこないめ、いまに見ておれ」

憤然と御用部屋へ向かう信明の背中を見送り、忠成はつぶやいた。

傲慢《ごうまん》な声を耳にしたのは、来合わせた茶坊主《ちゃぼうず》衆のみ。

足を止めることなく通り過ぎていく彼らは、機を見るに敏である。

病を抱える信明の時代が長くは続かず、遠からず忠成に取って代わられるであろうことも、かねてより予見しているかのようであった。

四

忠成は御錠口を通り抜け、中奥に足を踏み入れた。

向かった先は、御側御用取次が詰める控えの間。

将軍の一の側近である御側御用取次は書いて字の如く将軍の御側近くに仕え、老中を始めとする幕閣のお歴々《れきれき》から御用を取り次ぐことを御役目とする。

五代将軍の綱吉《つなよし》が新設した側用人は政務そのものを補佐したのに対し、八代将軍の吉宗が新たに設けた役職の御側御用取次は、あくまで秘書官。

にもかかわらず老中を凌ぐ権勢を誇るのは、将軍の考えることを日頃から把握しているが故である。

当年四十七の林忠英も、家斉の御気に入りの一人であった。

「肥後守《ひごのかみ》、朝も早うから大儀であるな」

「出羽守か」

快活な呼びかけに、忠英は満面の笑みで応じた。

忠成の言葉は忠英が自分と同じ出羽守だった官名を改め、林家の先代である父親が冠していた肥後守を譲り受ける運びとなったのを知ってのことだ。

控えの間にはいま一人、共に家斉の恩恵に浴する仲間が顔を見せていた。

「おお、播磨守も来ておったのか」

「同じ中奥詰めである故な」

淡々と忠成に答えた男は、小納戸頭取の中野播磨守清茂《きよしげ》。

火鉢の傍らに膝を揃え、手ずから茶を煎じていた。

忠成も若い頃に務めていた小納戸は、小姓と共に将軍の身の回りの世話をするのが御役目だ。平の小納戸は小姓より格下だが、まとめ役の小納戸頭取は小姓頭取よりも格が高く、役儀の上で御側御用取次との繋がりが強いため、控えの間に出入りをしていても不審には思われない。

忠英と同い年の清茂は家斉が元服《げんぷく》する以前、一橋徳川家の若殿だった頃から御側に仕えてきた身。忠成と忠英にも増して、家斉から目を掛けられている。

そして清茂は他の二人には縁のない、秀でた才まで備えていた。

「何とした出羽守、朝から面白うないことでもあったのか」

「どうして分かるのだ、播磨守」

「おぬしの目が険を含んでおるからだ」

「相変わらずの眼力だな」

「して出羽守、何としたのだ？」

今度は忠英が忠成に問いかけた。

「大したことではない。小知恵伊豆にくだらぬ小言を言われただけだ」

「おぬしが目障りなのだろう。身共と肥後守も、左様に見なされておるはずぞ」

「我らが上様の御気に入りであることが、あやつは気に入らぬらしい。己は洟《はな》も引っかけられぬくせに」

「堅物というものは隙あらば、難癖をつけずにはいられぬのだ」

「同じ松平でも越中守は、いま少しましであったぞ」

「越中守が老中首座と奥勤めを兼任していた頃の話だな」

「おまけに将軍補佐まで兼ねておった故、うるさく言われるのに難儀なされた上様は越中守の目を盗み、俺を相手に碁と将棋に興じられるのを、何よりの息抜きにしておられたものよ」

「あの頃の上様は、まことにお若かったな」

懐かしげに微笑む忠英の傍らで、清茂は黙々と茶の支度中。三つの茶碗を温めた湯を茶葉を投じた急須に注いでいた。

清茂が手ずから淹れる茶は、家斉も御好みの一服。

まだ清茂が平の小納戸だった頃からのことである。

同じ御側仕えでも、小姓と小納戸は似て非なる御役目だ。

小姓は警固役を兼ね、常に御側近くに控える身。主君が無聊《ぶりょう》の際に遊び相手をすることも、御役目の一つである。

対する小納戸は起床してから就寝するまで、日々の営みを手伝う世話係。清茂の茶が美味いのも、長年の積み重ねがあればこそだった。

「我らも年を取るはずぞ」

怒りを鎮《しず》めた忠成が、しみじみとつぶやいた。

「その年にふさわしき立場を得ることだな、出羽守」

「言われるまでもなきことだ」

茶を供しながらの清茂の一言に、忠成は不敵に微笑んだ。

若年寄から老中に昇進し、いずれ必ず首座となる。

それが忠成の飽くなき野望であった。

その野望の実現には、家斉の更なる恩恵が必要だ。

「時に播磨守、まだ上様はお美代《みよ》に御手を付けておられぬようだな」

「存じておる。相も変わらず、御年寄どもの許しが出ぬようだ」

「まことか？」

「宿下がりをさせた折に訊き出したのだ。あの気丈な娘が涙ぐんでいたぞ」

「ふざけおって、御褥御断《おしとねおことわり》のばばぁどもめ」

「御寵愛《ちょうあい》を失《うしの》うたまま齢を重ねし身なれば、尚のこと妬《ねた》ましいのだろうよ」

いきり立つ忠成と忠英に対し、清茂は淡々としたままだった。

「どうした播磨守、おぬしが養女の話をしておるのだぞ？」

忠成が焦れた様子で声を上げた。

「お美代には上様を虜にしてもらわねばならぬのだ。何か手を打つべきぞ」

忠英も不安げに訴えかける。

それでも清茂の態度は変わらない。

二人が乾した碗を片付ける手付きは、滑らかそのものだった。

「聞いておるのか、おぬし」

忠成が精悍な顔を清茂に近付けざま、熨斗目の胸元を摑んだ。

鼻先が触れ合わんばかりに引き寄せる。

信明を相手に浮かべた、軽薄な笑みはどこにも見当たらない。

白い歯を剝き出すことなく口許を引き締め、清茂を鋭く見返していた。

「上様には一日も早う、色惚《いろぼ》けになっていただかねばならぬのだ。さもなくば我らの時代はゆめゆめ参るまい」

「急くでないぞ出羽守」

対する清茂は、あくまで冷静。

淡々と告げる声は、落ち着いていると言うより醒《さ》めていた。

「これしきのことで苛立っておっては、我らの時代が参るまで身が保《も》つまいぞ」

「案じてくれるには及ばぬ。鍛え方が違うのでな」

「おぬしが頑丈なのは若年の頃より承知の上よ。案じておるのは気の小ささことだ」

「俺様の気が小さいだと？　ほざくでないわ播磨守っ」

怒りを煽るかの如き指摘に、忠成は目を吊り上げた。

それでも清茂は動じない。

「急いてはならぬと言うたであろう？　いちいち頭に血を上らせおって、大御所……

一橋の大殿より先に命を落とさば元も子もないと思わぬのか」

「播磨守が申したとおりぞ、出羽守」

忠英が見かねた様子で口を挟んだ。

「大殿は御畏《おそ》れながら、げに悪運の強き御方だ。菊千代《きくちよ》様を清水様に引き続き、紀州徳川の御当主に据えなさるまで生き延びなさるに相違ない。焦っては相ならぬ」

「そういうことだ出羽守。こたびの如き小事で、いちいち腹を立てて何とする」

清茂は平然と忠成を見返した。

「大奥には月が明くるのを待ち、揺さぶりをかける故」

「月明けに？」

「霜月と申さば歌舞伎《かぶき》の顔見世だ。おなごどもが我先に宿下がりを願い出て、げに姦《かしま》しき様となる月だ」

「その機に乗じて、何ぞ仕掛けるのだな」

「子細は任せよ」

「心得た。しかと頼むぞ、播磨守」

清茂の胸元を摑んだ手を放し、忠成は安堵の笑みを見せる。

それに構わず、清茂は忠英に向き直った。

「肥後守、御庭番衆を貸してくれぬか」

「荒事か」

「左様であるが、殺しはさせぬ」

「ならば構わぬ。当節は余人を手に掛けたことのなき者も多い故」

「刺客と隠密の才は別物ぞ。しかるべき駒が要る」

「北と南の町奉行にも、いずれ仕掛けねばなるまいな……」

「その時は身共に任せよ」

「恃みにしておるぞ、播磨守」

「心得た」

清茂は答えると同時に腰を上げた。

茶碗と急須を片付け、控えの間を後にする。

折しも配下の小納戸衆は休憩を終えたところであった。

「小田切、御役目には慣れたかの」

「頭取様のおかげをもちまして、大過のう相務めおりまする」

「ならばよい。向後も励めよ」

今し方まで悪しき陰謀を語っていたのと同じ口で清茂は配下たちに声をかけ、その労をねぎらった。

五

鎮衛は勝三を引き連れて、数寄屋橋を後にしたところであった。

「お奉行様、ご無理なさらねぇでくだせぇよ」

「心配するには及ばぬぞ。熱も引いた故、大事あるまい」

深編笠越しに答える鎮衛の装いは羽織と袴。

供を一人も連れていない、お忍びの外出だ。

明日からはまた、町奉行として御用を務める日々が始まる。

その前に、果たさねばならないことがある。

一日の余裕を見ておいたのは正解であった。

二人が赴く先は八重洲河岸。

地名の由来の耶揚子《やようす》ことヤン・ヨーステンは、日本橋の魚河岸に近い安針町《あんじんちょう》の由来となった三浦《みうら》安針ことウィリアム・アダムスと共に日の本に漂着し、晩年の神君家康公に仕えた阿蘭陀の航海士だ。

「八の代の洲と記し、やよすと読ませることが多いようだの」

「八重の数って書くこともありやすぜ」

「いずれにせよ、由来は同じじゃ」

「願わくば、その時代に行ってみたいですよ」

「すでに乱世は終わっておる故、おぬしの小具足も役には立たぬぞ」

「何もいくさ働きがしたいわけじゃありやせんよ、お奉行様」

「されば何故じゃ」

「武家だの町人だのってやかましく言われずに、腕一本で世間を渡れたからですよ」

「おぬし、士分であることに未練はないのか」

「もちろんですよ。旗本や御家人みたいに金になるなら売っ払《ぱら》っちまいたいって、死んだ親父も言ってました」

「それで父親が亡《の》うなるのを待って、臥煙となったわけだの」

「生きてる内は何だかんだと言いながら二本差しにしておりやしたからね。幾らにもならねぇ数打ち物でしたけれど」

「わしは質屋に預け置いた。流されぬように利息を入れておいたのは、いずれ二刀を帯びる身に戻らねばなるまいと思うていたが故のことじゃ」

「流石はお旗本のご子息ですね」

「帰った家は兄上が継ぎ、わしは養子に出されたがの」

「うちの坊ちゃんの父上様も、その口ですよ」

「安藤源右衛門か」

「元は津軽《つがる》様のご家中で、田中《たなか》って家の三男坊だったそうです」

「備後守とは謡《うたい》の仲間だったそうだの」

「あん時は北のお奉行様にも、とんだご迷惑をかけちまって……」

「悔いる心があらばそれでよい。さ、そろそろ八重洲河岸、又の名を五合《ごごう》河岸じゃ」

「ぶるるっ、ほんの三日ぶりだってのに身に堪えるや」

「ううむ、五合の酒も醒めると申すのも、大袈裟ではないらしいのう」

水面を吹き渡ってきた風の中、鎮衛と勝三は首をすくめながら先を急いだ。

定火消《じょうびけし》とも呼ばれる火消役は、旗本が仰せつかる御役目である。

明暦の大火の翌年、万治《まんじ》元年（一六五八）長月《ながつき》に設置された当初は四名だったのが時代と共に増減し、定員が十名で固定されたため十人火消とも称される。

役高はなく、支給されるのは三百人を養う分の役扶持のみだが、江戸市中の各所に在る火消役屋敷を役宅として貸与される。

火消役の配下は与力が六人、同心が三十人。

与力の俸禄は八十石、同心は三十俵二人扶持で、いずれも家族と共に役屋敷の敷地内の御長屋で暮らしている。その他に役場中間《やくばちゅうげん》を正式な名称とする臥煙を、必要に応じて抱えるのだ。

鎮衛が勝三を送り届けた八重洲河岸の役屋敷は、万治三年（一六六〇）霜月の火消役の増員に伴って建てられた、年季の入ったものだった。


「根岸肥前守様、にござるか？」

思わぬ人物の来訪に、応対した番士は困惑を隠せなかった。

傍らでおろおろしている門番と同様、火消役を務める旗本の家中の者である。

南の名奉行と呼ばれる鎮衛が何故に、臥煙の中でも手の付けられぬ荒くれの勝三を送り届けてくれたのか、まるで訳が分からずにいた。

「申しておくが騙りではない。これを検《あらた》めてもらおうか」

鎮衛は右腰に提げていた印籠を手に取った。

示した家紋は内側の円が小さい二重《ふたえ》の輪《わ》。蛇の目だ。

「ご、ご無礼つかまつった」

番士は恐縮した態で頭を下げた。

鎮衛が用いる蛇の目の紋所は、御公儀の御役目を務める大名と旗本の姓名が家紋と共にまとめられた武鑑《ぶかん》と一致していた。

「されば肥前守様、改めてご用向きを承りまする」

「その儀ならば、御火消役様へ直々に申し上ぐる」

「ご直々に、でございまするか？」

「もとより御用向きの話ではない。私《わたくし》の儀、私用じゃよ」

「とあらば尚のこと、あらかじめ伺わぬわけには参りませぬ」

「格は違えど旗本同士で相談申し上げたきことなのじゃ」

「左様に申されましても……」

「いまの御火消役は、たしか松平主税《ちから》殿でござったの」

「左様にございまするが……いまは、とは如何なることで？」

「身共が世話になり申した当時は神保《じんぼう》兵庫《ひょうご》殿でござったのでな。五十年余りも昔の話であるがのう」

「されば肥前守様がその昔、こちらの御役屋敷にて臥……役場中間をしておられたというのはまことの話だったので？」

「この年になりて明かすも恥ずかしき次第なれど、そのとおりぞ」

重ねて驚く番士を前に、鎮衛は破顔一笑《はがんいっしょう》して見せた。


「まるで変わっておらぬのう……」

年季の入った玄関を前にして、鎮衛は懐かしげにつぶやいた。

「お奉行様が居なすった頃と同じなんですかい」

「家屋敷は人より長《なご》う保つからの。五十年など短いものよ」

「いざ火の手が上がっちまったら、壊すしかねぇんですけどね」

「なればこその火の用心じゃ。おぬしらの手を焼かせずに済むのが一番ぞ」

「左様に願いたいもんでございやすね」

鎮衛の言葉に頷く勝三も、しみじみとした面持ちである。

「それじゃお奉行様、よしなにお願いいたしやす」

「うむ」

「ご免なすって」

勝三が足早に去っていく。

鎮衛は玄関番に案内され、屋敷内に足を踏み入れた。

刀を預けた上で持ち直したのは、勝三が描き取った彫物の絵であった。

六

松平主税は温厚にして目端の利く男だった。

「これは貴殿と身共にとって、等しゅう益のある話でござるな。貴殿は彫物に絡んだ騒ぎを鎮め、我らは南の名奉行殿の評判にあやかりて、八重洲火消の名を上げる……ということでござろう？」

「得心いただき痛み入り申す」

「こちらこそ、かたじけない」

鎮衛に微笑み返す主税は四年前の師走《しわす》に火消役を仰せつかり、ここ八重洲の役屋敷を預かる立場となった旗本だ。

家禄は五千石。同じ旗本でも役高がなければ五百石取りの鎮衛とは格が違う、堂々たる御大身だ。鎮衛は進んで下座に着き、折り目正しく膝を揃えていた。

「されば主税殿、これなる絵を刷り物にしても差し支えはござらぬな？」

「こちらから頼みたい話でござるよ。町火消の勢いに押されるばかりで、我らの旗色が日増しに悪うなるばかりなのでな。ここらで定火消ここに在りと気概を示しておきたいと思うていた矢先であれば、喜んでお話に乗り申そう」

「かたじけない」

快諾した主税に、鎮衛は感謝の礼をする。

鎮衛が直々に八重洲の火消役屋敷を訪れたのは、この答えを得るためだったのだ。

若き日の鎮衛が臥煙をしていたのは武士としては恥ずべき話だが、江戸っ子たちにとっては好感を持てること。

小遣い稼ぎに銭差しの押し売りを常習とする臥煙は町の嫌われ者である一方、いざ火の手が上がれば命の危険を顧みず、炎と戦う男たちだ。

男伊達を売りにする臥煙に彫物は付き物である。

鎮衛が臥煙をしていたのが事実であれば、彫物があっても不思議ではない。

むしろ無いほうが不自然なのだ。

そこで鎮衛は考えた。

彫物について何も明かさずにいたのは、臥煙をしていた過去を隠すため。

しかし、彫物を巡る騒ぎは絶えない。

華のお江戸の治安を預かる町奉行が、無用の騒ぎを招くは本末転倒。

左様に判じて恥を忍び、過去を明かすことにした。

周知の手段は絵。

筆を執るのは八重洲の役屋敷に属する、絵師志願の火消同心。

元絵を描いたのは、その同心を師と仰ぐ臥煙。

二人の熱意に感じ入り、鎮衛は彫物を絵手本として披露した。

後は上役である主税の許しを頂戴するのみなれど、お答えや如何に——。

という話を鎮衛は持ち込み、快諾を得たのであった。

「まるで芝居にござるな」

「先に役者が揃うた故、思い至りし筋書きにござるよ」

「あの荒くれの勝三が、まさか人様のお役に立つとは思わなんだぞ」

「無頼なれど性根は腐っておりませぬ故。見どころは十分にござる」

「されば向後も抱え置き、安藤の下にて働かせようぞ」

「左様にご差配くだされば、身共も安堵いたす」

「任されよ」

主税の口調は打ち解けたものになりつつある。

これは鎮衛の手練手管《てれんてくだ》と言うよりも、人徳《じんとく》と呼ぶのがふさわしい。

本物の彫物を巧みに隠し、偽りの図柄を勝三に描き取らせたのは鎮衛が厳しい裁きを下すのを常とする、悪事の騙りと同じと見なす向きもあるだろう。

だが、すべてが偽りだったわけではない。

鎮衛が臥煙をしていた過去を若様たちに明かしたのは、勝三に襲われた後のこと。

あの一件がなければ黙されたまま、誰にも知り得ぬことであった。

七

「あ、安藤にございまする」

障子越しの訪《おとな》いは震えを帯びていた。

「入れ」

「は、ははっ」

主税の許しに応じる声も、緊張を隠せない。

ぎこちなく障子が開かれた。

敷居の向こうに膝を揃えていたのは、火消同心の安藤重右衛門。

当年十六の重右衛門は、青年と呼ぶには幼い顔立ち。

家督を継いで二年目ながら、未だ少年のようだった。

体つきも華奢《きゃしゃ》で、荒くれ揃いの臥煙を率いる様が想像できない。

もとより世慣れた様子もなく、容易く大人に騙されそうな印象だった。


「謹んでお断り申し上げます」

鎮衛の話を聞き終えるや、重右衛門は深々と頭を下げた。

「おのれ安藤っ、身共に恥を掻かせる所存か！」

「畏れながらご容赦くだされ」

主税に叱りつけられても、答えは変わらない。

重右衛門は絵のことに関しては、呆れるほどに頑固であった。

「どうしてですかい、坊ちゃん⁉」

急遽呼ばれた勝三が意見をしても無駄だった。

「分からぬか、おぬし」

勝三に向けた重右衛門の視線は険しい。

訪いを入れた時とは別人の如く、声も重くなっていた。

「おぬしの気持ちはあり難い。私のために南の御番所へ押しかけ、肥前守様にお目にかかろうと暴れて仮牢に入れられながらも諦めず、根負けなされた肥前守様のお彫物を描き取らせていただくなど、余人には成し得ぬことだ」

「だったら話に乗ってくだせぇやし」

「感謝はすれど首肯《しゅこう》はできぬ」

「お好きに筆を加えてくださって構わねぇって、お奉行様も仰せなんですぜ」

「左様な真似などお断りだ。おぬしの名前で出すがいい」

「坊ちゃん……」

勝三は困り切った様子で鎮衛を見やる。

「されば安藤、これではどうじゃ」

主税を宥めていた鎮衛が、改めて重右衛門に申し出た。

「何と申されようとお断り申し上げます」

「まぁ、聞け」

鎮衛は怒ることなく語りかけた。

「おぬし、一から筆を執ってはもらえぬか？」

「お奉行様」

「肥前守殿」

勝三と主税が同時に声を上げた。

重右衛門の目が輝いた様を見て、ようやく察しがついたのである。

絵師として世に出たい気持ちは、もとより重右衛門も持っていた。

とはいえ一個人の夢のために火消同心の御役目を疎かにすることも、安藤の家督を危うくすることも許されないし、そんな身勝手は重右衛門自身も望んでいない。

そこに舞い込んだのが、こたびの話だ。

上役の許しを得た上で、世の中に絵を出せる。

しかし、それは己の作ではない。

勝三が体を張って描き取った、南の名奉行の噂の彫物。

出回ればさぞかし売れるだろう。

されど、それは人の褌《ふんどし》で取る相撲。何の喜びもありはしない。

重右衛門は描きたいのだ。己自身の筆で描きたいのだ。

ならば、望みどおりにしてやろう――。

「主税殿、安藤に幾日か暇《いとま》を頂戴でき申すか」

八

「お任せくだせぇ、南のお奉行」

十蔵は二つ返事で引き受けるや、重右衛門を二人の絵師の許に送り込んだ。

最初に連れて行かれたのは描き損じで足の踏み場もない、葛飾北斎の住む借家。

「おい若いの、手が止まってんぞ！」

北斎には名前も覚えてもらえぬまま下絵描きを手伝わされ、

「じゃま、じゃま」

娘の応為《おうい》には横を通るたびに尻を蹴られ、絵の具を削る作業にこき使われた。

十蔵が迎えに来たのは三日目のこと。

「売れっ子の絵師ってのはこういうもんだ。筆を執るのが三度の飯より好きでなきゃ続くもんじゃねぇ」

「そのつもりでおったのですが、ただの素人考えにござった……」

「そう落ち込むなって。さぁ、着いたぜ」

八丁堀の組屋敷に案内され、引き合わされたのは司馬江漢。

「筆と紙は好きに使え」

そう言い置いたきり何も言わず、黙々と書き物をしているばかり。いまは絵よりも本を書くことに力を注いでいるらしい。

「先生、拝見してもよろしいですか？」

「好きにいたせ」

許しを得た上で目の当たりにした作品は、美人絵から銅板画まで多種多彩。西洋の書物の挿絵の写し一つを取っても、単なる模倣《もほう》にはなっていない。

十蔵の家で過ごした三日の大半は、見取りの学びに費やされた。


七日目の朝、南町奉行所を訪れた重右衛門は登城前の鎮衛と面会した。

「学ぶところはあったかの」

「はい！」

「されば思うとおりに描いてみよ。ただし二度まで見せられぬぞ」

「勝三の絵を手本にいたします故、拝見つかまつるには及びませぬ」

晴れ晴れとした顔で請け合うと、江漢が間借りをしている一室に戻って筆を執る。

家主の十蔵のみならず、本宅へ帰った江漢から許しを得てのことであった。
今日は主税が与えた休みの最後の日。
その日が暮れる頃、三枚の絵が仕上がった。
「八重洲の役屋敷を出て」
「五合河岸を通り抜ければ」
「数寄屋橋、でございやすね」
主税と鎮衛、勝三が順につぶやいた。
数寄屋橋と八重洲は、もとより目と鼻の先である。
今日は主税が鎮衛の役宅をお忍びで訪れ、勝三がお供をしてきた。
重右衛門が披露したのは、錦絵《にしきえ》とすることを前提に描いた三枚組。
一枚目は臥煙の姿をした若者。
火の見櫓《やぐら》が背景に描き込まれており、八重洲の火消役屋敷と分かる図だ。
二枚目は同じ若者が着流しに大小の二刀を帯びている。
寒風が野分《のわき》の如く吹きつける中を、着物を乱したまま駆けている。
三枚目は諸肌脱ぎの老いた武士。
御白洲に仁王立ちして背中を向け、外した肩衣の紋は武鑑と同じ白抜きの蛇の目。

臥煙から武士に立ち戻り、ついには南の名奉行。

続き絵の中に鎮衛の来し方を、背中の彫物と共に描き込んだのだ。

彫物を勝三の描き取りから写した他は、一から考え、描き上げたものだった。

「これは良いな肥前守殿」

「身共も左様に存じ申す」

主税と鎮衛の眼を惹いたのは、風景画の中に人物を小さく描いた二枚目だ。

一枚目が全身の立ち姿で、三枚目では写楽《しゃらく》の大首絵《おおくびえ》のように上半身を大きく描いているので二枚目では彫物を目立たせるに及ばない。乱れた着物の下から覗かせ、同じ人物らしいと思わせるだけでいい。そこで重右衛門は風景を主役とする、大胆な構図を試みたのだ。

「坊ちゃん、どうやって考えついたんですかい？」

「ここだけ景色を広う眺めた風に描かば絵巻物の如く、連なる場が動いておるようで面白かろうと思うてな……」

勝三に問われて答える表情は、絵の具で汚れていながら満足げ。

それは後に歌川広重《うたがわひろしげ》の雅号《がごう》で絵師として大成し、北斎と共に異国まで広く知られることとなる安藤重右衛門が初めて示した、稀有な画才の一端であった。

第五章　こじれた友情

一

重右衛門が描き上げた力作は、江漢が懇意にしている版元に託された。

錦絵と称して市販される多色刷りの浮世絵は、絵師の原画を元にした版木を彫師が作成する工程を経て、売りに出される。

版木を彫る職人も、彫師と呼ばれる。彫物まで手がけるわけではないが元となる絵に忠実に彫り上げる、精緻《せいち》な技術を備えているのは同じこと。重右衛門の三枚続きの作品を版木に仕立てた彫師も期待に違わぬ、腕利きの職人であった。

神無月の晦日《みそか》を前にして刷り上がった錦絵に、作者の名前は入っていない。

詠み人知らずならぬ描き手知らずにもかかわらず、重右衛門の絵は売りに出されて早々に、江戸っ子の評判を集めていた。

「こいつぁ八重洲の火消役屋敷だなぁ」

「二枚目は五合河岸だぜ」

「その次は御白洲かい？」

「まるで判じ物だな」

休憩中の大工たちが首を捻っていた。

見入っているのは茶飲み話のネタに買い求めた、三枚続きの錦絵だ。

「御白洲ってことは、南か北の御番所だよな」

「南の御番所だ。間違いねぇや」

「どうして分かるんだい」

「よく見てみな。裃に家紋があんだろが」

「どれどれ……たしかに南のお奉行の紋所だ」

「ほんとだ。ご登城の駕籠のと同じだぜ」

「俺も武鑑で見たことがあるよ」

「蛇の目は根岸のお家が代々使っていなさる紋所だ。まず間違いあるめぇ」

「それじゃ、この裃を着てなさるのは根岸肥前守、南のお奉行様ってことかい」

「肩の彫物は前に瓦版に載ってた椿じゃなくて、牡丹だったんだな」

「どっちにしても、南のお奉行は彫物を入《す》れていなすったのか……」

「やっぱり噂のとおりだったってことかい」

「で、どうして八重洲の火消役屋敷と五合河岸が対《つい》になってるんだい？　南の御番所とは目と鼻の先ってだけじゃ、理由にゃなるめぇよ」

「三枚続きってこたぁ繋がりがあるに違いあるめぇ」

「一体どういう謎かけなんだろうなぁ……」

まさに判じ物だと気づいた大工たちは思案投げ首。

仕事を再開させようとやって来た棟梁《とうりよう》までもが、じっと考え込んでいた。

「……分かったぜ」

「ほんとですかい、棟梁？」

「順繰りに見てみなよ。ぜんぶ彫物の柄が同じだぜ」

「たしかに一枚目と三枚目は、そっくりそのままでございやすね」

「ですけど棟梁、この三枚目……南のお奉行の彫物は、ちょいとたるんだ態に描いてありやすぜ」

「そりゃ。もうすぐ喜寿《きじゅ》になろうってお年だからなぁ。それでも同じ柄にゃ違いねぇやな」

「するってぇと、三枚目は年を取りなすったお奉行……」

「そういうこった、この一枚目で見栄を切ってる臥煙が、若え頃のお奉行だよ」

「馬鹿を言わねぇでおくんなさい。臥煙が町奉行になれるわけがねぇでしょう」

「まったくでさ。幾ら抱え主の火消役が御大身のお旗本でも、あいつらは士分でも何でもねぇんですぜ？」

「消し口争いじゃ町火消に負けっぱなしのくせに、銭差しの押し売りをする時だけは威勢のいい、ただの穀潰《ごくつぶ》しじゃありやせんか」

「まぁ、聞けよ」

口々に異を唱える大工たちを、棟梁は黙らせた。

「お前らが言ってんのは当節の臥煙どもだろ。その昔にゃ火事場に限らず、御役目に恥じねぇ働きをしていたって話だぜ」

「その昔ってのは、いつのこってす」

「俺の親父が若え頃だから、ざっと五十年は前のこったな」

「するってぇと、南のお奉行が二十歳そこそこの頃でございやすねぇ」

「この臥煙もそのぐれぇの年恰好だろ。辻褄《つじつま》は合ってるぜ」

「ほんとでございやすね……」

「言われてみりゃ、そのとおりでさ」

「それで八重洲の火消役屋敷から五合河岸を通って数寄屋橋……臥煙から南のお奉行になったたって話ですかい」

「わざわざ続き絵に仕立てたのは、そういうことだろうよ」

「成る程ねぇ」

棟梁の話に大工たちは合点した。

南町の名奉行、根岸肥前守鎮衛は旗本でありながら、彫物を背負っている——。

五十年余りの長きに亘り、まことしやかに囁かれ続けてきた噂が、俄然《がぜん》として真実味を帯びてきたのだ。

「棟梁、臥煙の襟に何ぞ書いてありやすぜ」

大工の一人が言い出した。

「なになに、八重洲の……銕……」

「銕っていや、火盗の長谷川平蔵様の若え頃の名前でござんしょう」

「あちらさんは銕三郎《てつさぶろう》、南のお奉行は銕蔵だ」

「じゃ、この八重洲の鋏ってのは、南のお奉行のこってすかい」

「そうらしいな。お若え頃に臥煙をしていなすったんなら彫物はもちろん、二つ名があっても不思議じゃねぇだろ」

「それにしてもお旗本の若様が臥煙たぁ、思いもよりやせんでしたよ」

「お奉行が生まれなすった安生家は御直参とは言っても五百俵取りの、失礼ながら小旗本だ。根も葉もねぇ話じゃあるめぇよ」

「そうですねぇ。同じお旗本でも格上の長谷川様でさえ、未だに語り草になるぐれぇ派手に遊んでいなすったそうでございやすしね」

「近頃じゃ御目付の遠山左衛門尉様の若様が、芝居町に入り浸るだけじゃ飽き足らずに彫物まで入れちまったって話でさ」

「若気の至りってのに、身分は関わりねぇようでございやすね」

「ほんとだなぁ。それで南のお奉行も表沙汰にゃできねぇんで、ずっと隠してたってことじゃねぇのかい」

「町触で彫物を取り締まろうとしなすったのも、そのためだったんですかねぇ」

「昔を恥じるって気持ちは、誰にでもあるからな」

「まったくでさ。お奉行のことばっかり悪く言うわけにゃいかねぇや」

「八重洲の銕か……」

「派手な二つ名を背負ってなすったのは、長谷川様だけじゃなかったってこったな」

「その証しが、この錦絵ってわけだ」

「こいつぁ買わねぇわけにはいくめぇよ」

「仕事帰りに絵草紙屋に寄るとしようか」

「よーし、日が暮れる前に埒《らち》を明けるぜ」

嬉々として言葉を交わす大工たちに棟梁が呼びかけた。

「へいっ」

勇んで作業を再開した大工たちは、物陰から一部始終を見守る二人連れに気付いてはいなかった。


「やりやしたね坊ちゃん。描き手知らずでも評判は上々でさ」

勝三はにやにやしながら重右衛門に呼びかけた。一目で臥煙と分かる奴銀杏《やっこいちょう》の髷を六尺手ぬぐいの頬被りで覆い隠し、着流し姿の遊び人を装ってのことである。

「坊ちゃんは止《よ》せ……」

声を潜めて答える重右衛門も火消同心と気取られぬよう、着流しと深編笠の浪人態に身なりを変えていた。

「いいじゃありやせんか。声を張り上げてるわけじゃありやせんし」

「誰が聞いておるやもしれぬのだぞ。これでは頭隠して尻隠さずではないか……」

抗議する重右衛門の声は、深編笠越しにも分かるほど恥ずかしげ。

勝三は承知の上で、そう呼ばずにはいられない。

「坊ちゃん、次は新川河岸まで行ってみやしょう」

「何を申すか。利き酒をさせてやる暇などないぞ」

「違いまさ。確かめてぇのは、新酒を運んできた船頭衆の食いつきでさ」

「新酒番船に引き続き、下田沖から江戸入りした樽廻船のことか？」

「連中は江戸っ子を野暮天だって小馬鹿にしながら、何が流行ってんのかはいつも気にしておりやすからね。評判の錦絵に目を付けねぇはずがありやせんよ」

「大事ないであろうか。上方の衆は何につけても目が肥えておるはずだ」

「その目に適うようでなきゃ、本物とは申せやせんぜ」

「手厳しいな」

「耳が痛えことを申し上げるのも、弟子の務めでございやすよ」

「待たぬか勝三。おぬしに感謝はしておるが、まだ弟子と認めたわけでないぞ」

「そのうちに認めさせて差し上げやすよ。さ、早いとこ参りやしょう！」

「これ、急かすにも程があろうぞ」

「急ぐが勝ちでございますよっ」

勝三に腕を取られたまま、重右衛門はぐいぐい引っ張られていく。

二人は主税に命じられ、市中を見廻っている最中であった。

名目は年の瀬に向けて多発しがちな火災の予防だが、真の目的は錦絵の売れ行きを見極めることである。

「今日で五日になりやすが、評判は上がる一方でございやす。これで御火消役様にも枕を高くしていただけるに違いありやせんよ」

「左様に願えれば幸いぞ。一頃《ひところ》は見ていられぬほどに、眠りが浅いご様子であられたからな……」

勝三に腕を引っ張られながらも答える、重右衛門の声には安堵の響き。

主税が鎮衛の持ちかけた話に乗り、配下の重右衛門に絵筆を執らせたのは、率いる八重洲火消の評判が良くなるのを期したが故のことだった。

そうでなければ描き手知らずの態とはいえ、現役の火消同心である重右衛門が錦絵を世に出すことなど、上役として認めるわけにはいかなかったであろう――。

その頃、主税は千代田の御城中に居た。

月が明け、今日から霜月だ。

徳川将軍家には毎月の朔日《ついたち》と十五日及び二十八日に月次御礼《つきなみおんれい》と称し、在府の大名と旗本が総登城して将軍に拝謁《はいえつ》する習わしがある。旗本はもちろん大名も将軍の直臣である以上、御公儀の御役目に就いていない者も含めて月に三度は原則として登城に及び、上様の御機嫌を伺うべしと義務付けたのだ。

とはいえ一人ずつ将軍と面会し、直に言葉を交わすわけではなかった。

一堂に会して家格の順に座らされ、将軍の御成《おなり》を待って一斉に平伏し、全員に向けられた二言三言をあり難く拝聴した後は、老中首座の口達《こうたつ》を聞いて下城するのみ。御機嫌伺いとは名ばかりの、十把《じっぱ》ひとからげの扱いをされにわざわざ出向くだけのことだった。

格の低い者ほど将軍と離れた場所に座らされ、御尊顔を遠目にしか拝することが叶わぬ上に御言葉も聞き取り難いとあっては、ますます登城する意味がない。

(常の如くなれど、げに馬鹿らしき習わしぞ……)

主税は胸の内でつぶやいた。

月次御礼を前にして座っているのは控えの席だ。

御城中では大広間での座順のみならず、待機する場所も決まっている。無役の者は家の格に基づくが御役目付きの者は役職ごとに定められ、火消役は菊の間の南敷居の外が定位置とされていた。敷居の外と言っても畳敷きだが隣の部屋との境目の、中途半端な場所であることに変わりはない。

火消役の旗本たちは御役目の上でも、中途半端な立場に置かれていた。

華のお江戸の火消と誰もが認めるのは町火消だ。御城下一帯はもとより本所と深川にも配置され、万全な態勢が調っている。

かつて町人地で発生した火災にも対処していた火消役にいまや出る幕はなく、年始に恒例の出初《でぞめ》の盛り上がりも、町火消が始めた初出《はつで》に及ばない。

この現状に主税が懊悩《おうのう》していたのは配下の火消与力と同心も気付いており、往年の名誉を挽回するために何をすべきか議論を重ねるも、答えは出ないままだった。

そんな最中に鎮衛が主税に打ち明けたのが、若かりし頃に八重洲の火消役屋敷に身を寄せ、立場を偽って臥煙をしていた話だったのだ。

自身も彫物を背負っていながら取り締まろうとしたのは勝手な話だが、旗本の身で臥煙をしていた過去を恥じ、隠さざるを得なかったとすれば同情の余地はある。

故に主税は鎮衛の話に乗って、重右衛門に絵筆を執らせたのだ。

配下の力作が錦絵として売り出された反響は、主税が予期した以上に大きかった。

「聞きましたぞ、主税殿」

下手《しもて》の席で膝を揃えていた旗本が、おもむろに告げてきた。

「何を聞いたと申すのだ、左京《さきょう》」

「とぼけなさるには及びませぬ。貴公の預かりおられる八重洲の役屋敷が、まさか南の名奉行の古巣であったとは、驚き申した」

「主税よ、そのことならば身共も耳にしておるぞ。目出度き話じゃ」

隣に座した旗本も、感心した様子で口を開いた。

「帯刀《たてわき》まで何を申すか。大したことなどありはせぬ」

「謙遜するには及ばぬぞ」

「左様、左様」

「これを目出度いと言わずして、何とするのだ」

「祝着至極《しゅうちゃくしごく》にござるのう」

残る同役の面々も、ここぞとばかりに声を上げた。

火消役の旗本は八千石から四千石で、定員十名の内の四名は五千石の主税より家禄が高い。その高禄取りの者たちにまで褒めそやされては、主税も黙るしかなかった。

一連のやり取りは敷居の向こうの菊の間はもとより、南隣の連歌《れんが》の間にも聞こえているはずだ。

にもかかわらず、誰も文句を付けてはこなかった。

十名の火消役は家禄に差はあるが、全員が御大身の旗本だ。御役目の上では軽んじ
られがちでも、格そのものは決して低くない。

とはいえ一堂に会して将軍の御成を待っている最中に私語を交わしていれば、進行
役の奏者番《そうじゃばん》が飛んできて注意をされるが、休憩所を兼ねた控えの席で、それも声高に
ならぬように節度を守ってのこととあれば、咎められるには至るまい。

火消役の面々は左様に判じ、錦絵の評判に事寄せた自慢に及んだのだろう。

主税はいまこそ確信していた。

南の名奉行こと根岸肥前守鎮衛の評判には、これほどの値打ちがあったのだ――。

「かくなる上は常にも増して、出初に力を入れねばならぬな」

「町火消どもは申すに及ばず、大名火消にも後れを取るまいぞ」

意気盛んな火消役の面々の中に一人だけ、口を閉ざしたままの者が居た。

主税より上手の席に着いた、品の良い旗本だ。

「どうした右近《うこん》、気分でも悪いのか」

「いえ、別に」

「されば何故に黙り込んでおる？　この目出度き話に加わらぬ所存か」

「お言葉なれど、身共の口から申すことは何もござらぬ」

両隣から水を向けられても応じない、この旗本の名は神保右近。

火消役が設けられた当初からの歴史を持つ、飯田町《いいだまち》の役屋敷を預かる立場である。

右近の家禄は、五千石取りの主税より千石多い六千石。

同役とはいえ格上では、主税も差し出がましい口は挟み難い。

「各々方《おのおのがた》、お立ちませい」

気を揉んでいるところに、奏者番の呼ばわる声がした。

菊の間詰めの旗本たちに続き、火消組の一同も腰を上げる。

将軍に拝謁するための移動をしながらも、右近の顔色は優れぬままだった。

二

家斉は未だ中奥に留《とど》まり、客人の応対をしていた。

人払いを命じた上で御側仕えの小姓たちまで一人残らず退散させ、御座の間に迎え入れた客人の名は徳川治済。

一橋徳川家の先代当主にして、家斉の実の父親である。

「上様、菊千代は大事ありませぬのか」

下座から家斉に向かって問いかける治済は、好々爺然とした老人だ。

その顔は祖父で八代将軍の吉宗はもとより、一橋徳川家の初代当主だった父の宗尹《むねただ》にも似ていない。一見した限りでは人の好さげな、実は稀代の策士であった。

「ちと具合がよろしからざるとの由にございまする……」

治済に答える家斉は、不安を隠せぬ面持ち。持ち前の威風堂々とした雰囲気は鳴りを潜め、声もか細い。

「風邪にござるか?」

「医師の診たてによれば、疱瘡《ほうそう》と……」

「ほお」

治済は事も無げに微笑んだ。

「父上」

家斉が気色ばむのも無理はあるまい。

当時は疱瘡と呼ばれた天然痘は、日の本で多くの子どもが罹患した大病だ。高熱で苦しんだ末に命を落とす場合も少なくなく、生き永らえても顔に痘痕が残る。

願わくば病床に付き添ってやりたいが、それは天下人たる将軍に許されることではない。疱瘡は一度罹《かか》れば免疫ができるため側近くで接しても大事は無いが自ら見舞うことがままならず、使者を立てざるを得ないのがもどかしい。

家斉の七男の菊千代は、治済にとっても大事な孫の一人だ。

それも、猫可愛がりをされるばかりの存在ではない。

菊千代は家斉の五男で腹違いの兄にあたる敦之助《あつのすけ》の後を受け、御三卿の清水徳川家の三代当主に据えられた身の上だ。

二代当主だった敦之助が幼くして亡くなったために住むことのなかった清水屋敷に勇んで入り、健やかに日々を過ごしていたのが突如として病に、それも大病の疱瘡に冒されたと耳にしておきながら、平気な顔でいられるとは何事か。

家斉も臣下の前では平静を保っているものの、いまは治済と二人きり。

にもかかわらず、治済は全く慌てていない。

権謀術数を巡らせるのが常とはいえ、冷たいにも程があろう――。

「御慌てなされますな上様。菊千代は運の強き子にござる」

苛立ちを募らせる家斉を前にして、治済は穏やかに微笑んだ。

「されど父上、疱瘡にございまするぞ」

「何の、何の」

治済はあくまで余裕の態度を崩さなかった。

「我らが抱く大望は身共が父上……上様におかれましては祖父御にあらせられる宗尹様が悲願。その願いを叶えるために生を受けたのが、菊千代にございまする」

「もとより承知にございまするが……」

「ならば泰然としておられませ」

治済は平然と家斉を見返した。

態度そのものは折り目正しい。

血を分けた親子とはいえ、将軍家へ養子に出した家斉は治済にとっては主君。実の父親であろうとも礼を失さず、二人きりでも慇懃《いんぎん》に接さねばならないからだ。

それでいて、与える圧《あつ》は家斉が少年だった頃にも増して強かった。

「されば、そろそろ御出座なされませ。有象無象と申せど登城に及びし以上、御尊顔を拝させてやらねばなりませぬからな」

有無を言わせず家斉に告げ、治済は腰を上げる。

膝行して退出する様は、老いた身ながら堂々たるもの。

我が儘勝手なことで知られた家斉が未だ逆らえぬ、唯一人の相手であった。

清水徳川の屋敷は家名に違わず、清水御門の内に設けられていた。

同じ千代田の御城の曲輪内とはいえ、父の家斉が住む本丸御殿はもとより、兄で次期将軍になる世子とされた家慶《いえよし》が暮らす西の丸からも離れている。

それは幼いながらも自立心が旺盛な菊千代にとって、望み得る限りの好ましい環境だった。

「殿！」

「殿ーっ」

「騒がしいぞ。いちいち厠《かわや》まで付いて参るな」

後を追ってきた近習の面々を、菊千代は威厳を込めて叱りつけた。しもぶくれの頬に幼子だった頃の名残を残した、福々しい顔立ちである。

「御畏れながら、まだ御床上げには早うございますれば……」

「分かっておる。上様の御使者が御見舞いに来られるまで、大人しゅう寝ておるわ」

「その儀ならば明後日になられるとの由にございまする」

「後二日か……」

苦い顔でつぶやいた菊千代は当年取って十一。満で九つ。

元服にはまだ早い、年端もいかぬ少年だ。

小柄で顔立ちも未だ幼いものの、体つきは固太りでがっちりしている。

父の家斉譲りの丈夫な体を、自ら課した鍛錬で磨き上げた成果である。

鍛えた体は、疱瘡の高熱にも能く耐えた。

昨夜まで起きることもままならず、用を足すのにも尿筒《しとづつ》を用いざるを得なかったが目を覚ますと熱は下がり、起きられるまでに回復していた。

近習たちを寄せ付けることなく厠へ立ち、事も無げに用を足す。

縁側に面して設えられた手水を自ら遣い、懐にした手ぬぐいで拭く。

踵を返す少年に、近習たちはおずおずと付き従う。

年少らしからぬ菊千代の貫禄に、今朝も圧倒されるばかりであった。

三

「主税殿、先程は相すまなんだの」

右近が主税に声をかけてきたのは月次御礼が終わり、下部屋で二人だけになった時のことだった。

本丸御殿の玄関内に連なる下部屋は、御役目付きの者が登城した際に使用する支度部屋である。御家人も含めて役職別に用意された一室で身支度を調え、同役の全員が顔を揃えてから殿中に入るのだ。

退出する際も下部屋までは一緒だが、その先は個々に下城する。

火消役の他の面々は二人に気を遣い、早々に引き揚げたらしい。

「何も詫びていただくには及びませぬぞ、右近殿」

答える主税は、下座に廻りながらも立ったまま。登城の際に挟《はさ》み箱《ばこ》を担いで下部屋まで供をしてきた中間に遠慮をさせはしたものの、このまま退出しようという姿勢を崩さずにいる。右近に返した言葉に違わず、詫び言など言わせたくはないが故のことであった。

しかし、右近はどうあっても話がしたいらしい。

「左様に申さずに聞いてはもらえぬか、主税殿」

「……お言葉とあらば、拝聴つかまつり申す」

「かたじけない」

右近は主税に謝意を述べると、語り始めた。

「先程の話に出た根岸肥前守が臥煙……正しくは役場人足をしておった折に八重洲の役屋敷を預かっておったのが、身共と同じ一族であったことは存じておろう」

「もとより承知しており申す。神保兵庫殿でござったな」

鎮衛が身分を偽って臥煙をしていた当時、八重洲の役屋敷を預かっていた火消役の神保兵庫こと茂清《しげきよ》は、安永《あんえい》九年（一七八〇）に行年《ぎょうねん》六十で亡くなっている。火消役を務めたのは寛延《かんえん》三年（一七五〇）から宝暦《ほうれき》七年（一七五七）で、若き日の鎮衛が身を寄せたのは御役目替えとなる間際のことであった。

「その兵庫に関わる厄介事を抱えておるのだ」

「厄介事、にござるか？」

「左様……」

右近は迷いながらも告げてきた。

「聞いてくれるか、主税殿」

「打ち明けてくださるとあらば、是非は問い申さぬ」

「痛み入る」

右近は意を決した面持ちで主税に明かした。

「実を申さば兵庫には、腹違いの弟が居ったのだ」

「まことにござるか」

兵庫こと茂清の弟は公には一人しか居らず、他家へ養子に行っている。

「御公儀に届けは出しておらぬ故、おぬしが存じぬのも無理はあるまい」

「つまりは隠し子でござったか」

「そういうことだ。兵庫が子を授からねば改めて届けを出し、家督を継ぐこともあり得たやもしれぬが、その折も無きまま齢を重ね、今日に至った次第でな」

茂清が当主を務めた神保家は、直系の子孫によって存続されている。子も孫も無役ではあるものの、隠し子だったという茂清の弟に出る幕はなかったのだ。

「今日に至ったということは、ご存命で？」

「今年で喜寿だ」

「当年取って七十七……ご壮健で何よりにござるな」

「左様とばかり言うていられぬのが、厄介と申した所以《ゆえん》なのだ」

右近は困惑しながらも、続けて主税に打ち明けた。

「その者が、こたびのことで立腹しておる」

「……錦絵の件で、にござるか」

「有り体に申さば、その絵に描かれし南の名奉行……根岸肥前守に対して、だ」

「身共にではなく、肥前守に？」

「左様」

「それはまた、何故に」

「彫物だ」

右近の一言に主税は絶句した。

「身共とて、貴殿を疑いとうはないのだがな」

押し黙ったのをじっと見返し、右近は言った。

「有りもしないものをまことしやかに描き立てるとは不届き千万と、大層な怒りようでな、宥めても聞く耳を持とうともせぬのだ。往時のことを知る当人とあっては、聞き捨てることもできかねてな……」

「……されば、その御仁は若かりし頃の肥前守を存じておられるのでござるか」

「左様。それも同じ釜の飯を食った間柄だ」

「と、申されますと？」

「その者……小平太《こへいた》と申すのだが、隠し子であることを幸いに、兵庫が御火消役を務めし折の配下に加わっておったのだ。肥前守と同じ、臥煙としての」

「…………」

主税は再び沈黙を余儀なくされた。

鎮衛が背負う彫物を、主税は直に目にしたわけではない。

配下の勝三が披露されたのを描き取り、重右衛門が仕上げた絵を信じたが故、世に出すことを認めたのだ。

それが偽りだったとすれば、事実を知る者が声を上げるのも当然だろう。

「その小平太殿とやらと、話をさせてはいただけませぬか」

「会うてくれるか、主税殿」

「お願い申す」

主税は右近に向かって頭を下げた。

まずは小平太に会い、当時の話を聞き出さねばならない。

鎮衛に真偽を問い質すのは、その上のことと心得ていた。

四

御役目で登城するのが常の身にとって、月次御礼はさしたる意味がない。

南北の町奉行にとっても日頃は拝謁することのない将軍の御尊顔を拝し、御言葉を賜る以上の意義はなかった。

「お互いに働きずくめで身が保《も》たぬの、備後守」

「肥前守殿こそ、いつも御役目大儀でござるな」

下部屋に入った鎮衛は正道と労をねぎらい合った後、速やかに下城の途に就いた。

御用繁多を理由に老中の下城を待たずに退出したため、乗物が南町奉行所に着いたのは昼八つより早かった。

「今日も冷えるのう……」

役宅の私室に戻って早々に着替えを済ませ、文机《ふづくえ》に向かって筆を執る。

「殿」

障子越しに譲之助が訪いを入れてきた。

いつになく緊張を孕《はら》んだ声である。

「何としたのじゃ、田村」

「客人がお越しにございまする」

「客人とな」

「見かけたことのない、ご老人で」

「名は」

「小平太と申せば分かるとの由にございます」

その名を耳にしたとたん、鎮衛は顔を顰めた。

不快そうな顔ではない。

懐かしげな、されど切なさを帯びた表情だった。

「……存ぜぬな」

しばしの間を置き、障子越しに答える。

「姓を名乗らなんだということは町人か」

「大小を帯びております」

「胡乱《うろん》な輩だの。いずれにしても手が離せぬ故、そのまま帰せ」

「それには及ばぬぞ」

譲之助が答えるより先に、告げてくる声がした。

取次に立った譲之助を待つことなく、勝手に役宅の奥まで押し入ったらしい。

「無礼者め、いつの間にっ」

「玄関番どもならば眠っておる。若いくせに歯ごたえのなき者ばかりであった」

「おのれっ」

譲之助の怒号が上がった。

障子に映った二つの影が、たちまち間合いを詰めていく。

互いに気合いを発することはない。

稽古ではなく実戦、それも腕の立つ者を相手取っているが故のことだ。

近間に入った譲之助が摑みかかる。

その腕を取られた瞬間、どっと障子の桟《さん》が爆《は》ぜる。

「田村っ」

鎮衛の目の前に転がったのは譲之助。

六尺豊かな体を投げ飛ばされ、畳の上で気を失っていた。

「当節の若い者は脆《もろ》いのう。わしらの頃とは比べ物にならぬわい」

つぶやいたのは鋭い目をした老人だった。

老いても精悍さの失せぬ面構え。

体つきもがっしりしており、若い頃から鍛えてきた身と分かる。

双眸のみならず全身から、剣呑《けんのん》な雰囲気が放たれていた。

「おぬし、生きておったのか……」

「一別以来であったの、安生鉄蔵」

「いまは根岸ぞ。神保小平太」

「その姓は捨てたと申したはずじゃ。うぬが騙りと知らずに交誼《こうぎ》を結んだ、若かりし頃にの」

「久方ぶりの挨拶が騙り呼ばわりか」

「さもあろうぞ。斯様な代物を見せられてしもうてはの」

老人は不快げに鼻を鳴らすと、懐中から何かを取り出した。

無造作に摑んでいたのは、三枚続きの錦絵。

「八重洲の銕め、よくも積年の友を謀《たばか》りおったな！」

怒りを込めた一喝《いっかつ》を鎮衛に浴びせ、老人は続けて言い放つ。

「うぬが八重洲を去る時に申したこと、忘れたとは言わせぬぞ」

「…………」

「屋敷を出たと申せど士分であることに変わりはない。彫物を背負うわけには参らぬと殊勝《しゅしょう》なことをほざいておいて、これは一体どういうことじゃ」

「……何を言うても、聞き分けてはもらえそうにないの」

「当たり前じゃ。往生《おうじょう》せいっ」

老人は告げると同時に前に出た。

摺り足で間合いを詰めざま、鎮衛を投げ倒す。

間を置くことなくのしかかったのは、受け身を取られると承知の上の攻めだった。

頭を打って昏倒《こんとう》するのは防いだものの、なぜか鎮衛は抵抗しない。襟締めをされるのに抗《あらが》うことなく、黙って目を閉じていた。

「よき覚悟じゃ、銕蔵」

老人は鎮衛を締め上げながら呼びかける。

放って止まずにいた殺気は、いつの間にか霧散していた。

「性根まで腐り果てておると思うておったが、流石はわしが莫逆《ばくげき》の友と見込んだ男ぞ……」

語りかける声が、不意に途切れる。

鎮衛にのしかかったまま気を失い、締め上げていた手からも力が抜けていた。

「殿っ！」

「殿ーっ！」

息せき切った声と共に、乱れた足音が聞こえてきた。

駆け付けたのは、鎮衛の家中の者たちから成る内与力たち。

全員が駆けながら刀の鯉口《こいぐち》を切り、抜き打つ態勢を調えていた。

「抜くには及ばぬ……」

鎮衛は破れた障子越しに命じながら身を起こす。

「ご、ご無事にございまするか」

案じ顔で躙《にじ》り寄ったのは、譲之助の父親でもある又次郎。

「大事ない……その者を、おぬしの倅と共に介抱してやれ」

「さ、されど」

「こやつが及びし狼藉《ろうぜき》は、わしに落ち度があってのこと。縄は打つに及ばぬぞ」

戸惑う又次郎に重ねて命じつつ、鎮衛は立ち上がる。

息を乱していながらも、取り乱した様子はない。

老人に向けた眼差しに怒りはなく、切なげな色を帯びているばかりであった。

知らせを聞いた若様たちは、急ぎ役宅に駆け付けた。

「肝を冷やしましたぜ、お奉行……」

「ご無事で何よりにござったが、罪に問わずともよろしいのでござるか？」

俊平と健作が口々に告げるのをよそに、若様は気を失った老人を見つめていた。

鎮衛は私室に布団を敷かせ、自ら老人を介抱している。

若様はそれを手伝い、絞った濡れ手ぬぐいを額に載せてやる。

譲之助は又次郎が引き取って、役宅に付設する官舎の御長屋に運んだ後だった。

「小平太殿と申されるのですか」

「正しくは小平多じゃ。小さく平らかにして多しと書く」

鎮衛は旧知の老人——小平太の枕元に、若様と共に膝を揃えていた。

「良きお名前でございまするね」

「さもあろう。士分でなくば用いぬ字なれば、太しと改めたそうじゃ」

「いずれにしても、小さく平らかであるのは同じですね」

「それがこやつの身上であったのじゃよ、若様。小なれど数を集めて平らかに、和をなすことに勝るものなしと常々申しておった」

「人の上に立つにふさわしき方とお見受けします」

「まことにそのとおりぞ。こやつは八重洲の臥煙の束ね役だった故な」

「お奉行に劣らず、人徳がお有りだったのですね」

「初めはそうでもなかったぞ。わしと共に臥煙の仲間入りをしたばかりの頃は互いに武士めいたところが抜けず、喧嘩を仕掛けられることもしばしばでの」

「まことですか？」

「やられっぱなしは性に合わぬ故、二人して返り討ちにしてやるのが常であったよ」

「お奉行も小平太殿も、お若かったのですね……」

「左様。毎日が若気の至りであったよ」

「何が若気じゃ。このくたばりぞこないめが」

懐かしそうにつぶやく鎮衛の声に、憎まれ口をたたく皺枯《しわが》れ声が重なった。

いつの間にか、小平太は目を覚ましていた。

「そいつぁお前さんのこったぜ、爺さん」

「無事に帰れると思うでないぞ」

「止さぬか」

鎮衛は俊平と健作を黙らせると、仰臥《ぎょうが》したままの小平太に語りかけた。

「おぬし、飯田町の役屋敷に寄食しておったのだな」

「……存じておるのか」

「目付筋に急ぎ確かめた。遠山左衛門尉殿とは昵懇での」

「そのまま知らずに居れば良かったものを」

「左様に思わば、訪ね参るべきではなかったの」

「そうは参らぬ。斯様な騙りが罷り通ってはの」

「……まだ、わしを騙り呼ばわりせずには治まらぬのか」

「当たり前じゃ。知らぬ間に彫物なんぞ入れおって」

「それは、おぬしも同じであろう」

「……見たのか」

含みのある鎮衛の言葉に、小平太は身を固くした。

着物と袴を脱がされ、襦袢一枚にされている。

襟元から覗く胸板に、竜の彫物が見て取れた。

「配下の者どもに、おぬしの介抱を任せてはおけなんだのでな」

「……わしとしたことが、とんだ世話をかけたらしいの」

「まだ動いてはなりませぬ」

恥じた様子で起き上がろうとした小平太を、そっと若様が押し留めた。

「おぬしは？」

「お奉行の下でお手伝いをさせていただいておる者です」

「ただの小物ではないの。わしに投げられた大男より、よほど強いわ」

「お言葉ですが、それがあなたの命取りになられたのやもしれぬのですよ。お奉行にのしかかられたままでお気を失うたのは、譲之助さんを制することに力を割《さ》いたが故なのでしょう？」

若様はやんわりと小平太に説き聞かせた。

「……見ていたように言いおるの」

小平太は恥じた様子で横を向く。

毒づく気も失せたらしく、後は黙して目を閉じていた。


小平太は日暮れを前にして、迎えの者に引き取られた。

鎮衛が使いを走らせた先は、飯田町の火消役屋敷。

役屋敷を預かる神保右近は下城して小平太が居なくなったと知るに及び、探し回らせていた最中であったという。

「おじ上、おじ上！」

自ら迎えに馳せ参じた右近は、下城した時の裃姿のままだった。

「……む、右近か」

「お目を覚まされましたか」

「うむ……不覚を取ったのみならず、眠りに誘われてしもうたようじゃ」

「このところ眠りが浅かったが故でございましょう」

「いや……この者に、毒気を抜かれてしもうたが故じゃ」

小平太が若様を見やる視線に、もはや敵意は感じられない。

「おぬし、名は」

「来《こ》し方を忘却《ぼうきゃく》せし身の上なれば、覚えてはおりませぬ」

「されば、若様と申すのは」

「誰ともなしに呼ばれるようになりました」

「さもあろう。自ら左様に名乗りおる、痴れ者には見えぬからの」

「恐れ入りまする」

「世話になったの」

小平太は右近の肩を借りて立ち上がった。

「錬……いや、おぬしの奉行を、よしなに頼むぞ」

「はい」

礼をして送り出す若様に、もとより小平太に対する敵意はない。

小平太は鎮衛と結んだ友情をこじらせるも、旧に復したからである。

ならば余計な手を出すべきではないと、無言の内に悟っていた。

第六章　まほろの島で

一

文化八年の霜月、華のお江戸で暗闘が繰り広げられた。

敵は小納戸頭取の中野播磨守清茂。

狙われたのは、江戸三座の市村座《いちむらざ》。

毎年恒例の顔見世興行が華々しく幕を開き、人気の歌舞伎作者で若様も面識のある勝俵蔵《かつひょうぞう》が四世鶴屋南北《つるやなんぼく》を襲名した賑わいの中でのことだった。

俵蔵ら江戸歌舞伎を支える人々と親しい『北町の爺様』こと八森十蔵と和田壮平に若様たちは助太刀し、熾烈《しれつ》な戦いは何も知らずに舞台を楽しむ善男善女に気取られることなく幕を閉じた。

そして敵が清茂だけではないことを若様は知った。

残るは若年寄の水野出羽守忠成と、御側御用取次の林出羽守改め肥後守忠英。

清茂を含む三人は将軍の御威光を笠に着て、天下の御政道を自分たちに都合の良い形に捻じ曲げるべく、機を窺っているという。

この悪しき企みに邪魔なのが、南北の町奉行。

南町の鎮衛はもとより北町の正道も、将軍家の御膝元たる江戸の安寧《あんねい》を護るために日頃から力を尽くして止まずにいる。二人の首を悪しき輩に挿《す》げ替えられれば、華のお江戸が闇と化すのは必定だ。

敵の次なる狙いを阻むため、後れを取ってはいられない——。

「やっぱり十俵半人扶持じゃ割に合わねぇよなぁ」

「左様に思うのならば手を引くことだ」

「へっ、誰も本気で考えちゃいねぇよ」

俊平と健作のたたく軽口が、今日も耳に心地よい。

何だかんだと言いながら共に戦うのを厭《いと》わぬ二人は、若様の心強い相棒だ。

陰で支えてくれる銚子屋一家の存在も欠かせない。

「沢井様、お武家に二言はありますまいね？」

「ほんとでしょうね、俊平さん」

「当たり前だろ。このぐれぇでへたばってたら、半人扶持で動いてくれてるお前さんたちに申し訳が立たねぇや」

門左衛門とお陽に詰め寄られては、強面《こわもて》の俊平も形無しだ。

「ねぇねぇ若さま、遊ぼうよ」

「あそぼうよう」

組屋敷の長閑《のどか》な一幕に微笑んでいた若様に、太郎吉とおみよが甘えてきた。年明けを前にして門左衛門が買ってくれた双六《すごろく》を一緒にやりたいようである。

「だめだぞ二人とも、若様はお疲れなんだから」

兄の新太に注意をされても、幼子たちは気にしない。

「いいでしょ、若さま」

「わかさまー」

「されば、お庭に出てみましょう。子どもは風の子ですからね」

「えー」

「さむいのはやだー」

「お陽さんが縫ってくれた半纏があれば平気ですよ。さ！」

一転してぐずり始めた太郎吉とおみよに厚着をさせて、若様は組屋敷の庭に立った。手に取ったのは一本の竹。七夕《たなばた》に余った分の枝を払い、日に当てておいたのだ。乾いた地面にとんと立てたのに片手で摑まり、くるりくるりと廻ってみる。

「わぁ、すごいや」

「あたちもやりたーい！」

「それでは一人ずつお出でなさい」

興味を抱いた機を逃さず、若様は幼子たちを竹に摑まらせた。

竹が傾かぬように支えつつ、勢い余って転びかけたのを空いた手で抱き留めてやるのも忘れない。

与力に比べれば手狭な同心向けの組屋敷も、それなりに庭は広い。

内証《ないしょう》が苦しい旗本や御家人は内職に勤しむ傍ら、屋敷の庭に畑を作ることも珍しくないという。俊平と健作が生まれ育った割下水を含む本所の一帯は埋め立て地であるために耕作には適さぬが、千代田の御城下の高台に屋敷を拝領した家では普通に行われているらしい。

町奉行所勤めの与力と同心の暮らし向きは、そこまで逼迫《ひっぱく》してはいない。

番外同心の若様たちにも、三度の食事に事欠かぬだけの禄米は与えられていた。

これ以上の贅沢《ぜいたく》を、若様はもとより望んではいなかった。来し方を忘れた身にとって、いまの暮らしは満ち足りている。されど、いつまでも続くわけではないのは分かっていた。この暮らしは、あくまで仮初《かりそ》めのもの。巣立たねばならぬ日が、いずれ訪れることであろう——。

二

「なぁ若様……そろそろはっきりさせたほうがいいんじゃねぇのかい」

その夜、俊平が迷いながらも問うてきた。

「何ですか、沢井さん」

「おぬしが娶《めと》るおなごのことだ」

健作が端的に告げてくる。

お陽は夕餉の支度を済ませ、日が暮れる前に深川へ帰った後である。

すでに一同は食事と後片付けを終え、子どもたちは床に入っていた。

「お前さんも俗世で暮らして一年だ。あの島じゃどういうわけか長老に止め立てされちまったが、そろそろ女と惚れ合って、しっぽり濡れてもいい頃合いだろうぜ」

「沢井さん、左様に明け透けな物言いは」

「心配するにゃ及ばねぇぜ。さっき小便をしに行ったついでに見てきたけどよ、ちびの二人はもちろん、新太もとっくに夢ん中さね」

「俺も確かめた故、大事はないぞ」

「……ならば聞かれはしませんね」

俊平のみならず健作にまで請け合われては、話を逸らすのは難しい。

「して、おぬしの存念はどうなのだ？」

健作が身を乗り出して若様に問いかけた。

「一年前におぬしが江戸に参ってこの方のことを思えば銚子屋に婿入りし、お陽殿と夫婦になるのが順当であろう。したが、おぬしは柚香《ゆずか》殿……相良《さがら》の姫君からも想いを寄せられて止まずに居る。市村座の一件で御庭番衆と板挟みになりながら、おぬしのために一肌脱いでくれた恩を無為《むい》にしてはなるまい」

「…………」

「柚香殿の幸せを切に願《ねご》うておられた、守り役のご老人……田代新兵衛《たしろしんべえ》殿の気持ちも無下《むげ》にはできまいぞ」

「平田さん、されど私は」

「分かっておる。おなごのことはいまだ分からぬと言いたいのだろう」

「……お察しのとおりです」

「おい平田、それを認めてたら何も始まらねぇだろ」

俊平が堪りかねた様子で口を挟んだ。

「左様に申すでない。若様は我らと別物なのだ」

「そりゃ、寺育ちに違いねぇって身の上だからなぁ」

健作の一言に、俊平は首肯するより他になかった。

それは若様という青年を知る上で、看過《かんか》できぬ点である。

鎮衛の心眼だけで特定されたわけではない。

己が名前さえ忘却していながらも、経文はしかと覚えている。

門前の小僧習わぬ経を読むの譬《たと》えに留まらぬ域で、禅宗の仏典に通暁していた。

その禅宗の唐土における総本山――少林寺で創始された拳法の技を、記憶を失った身でありながら使いこなし、無双《むそう》の強さを発揮する。

何処かの寺に幼くして預けられ、禅と拳法の修行を課されて成長したということであれば、俗世間に疎いのにも説明がつく。

いまでこそ少年並みになったものの、一年前の若様は幼子並みに何も知らなかったのだ。

「だけどよ若様、このまま一生を過ごすってわけにゃいかねぇぜ」

「……いまの暮らしが仮初めに過ぎぬことは、承知しております」

「そう言われちゃ、こっちが切なくなっちまうだろ」

「まことですか、沢井さん」

「当たり前だろ。仮初めなのは俺と平田も同じだからなぁ」

俊平は健作に向き直った。

「そうだろ、平田」

「遺憾なれど、認めざるを得まい」

「左様なのですか平田さん？」

「認めざるを得まいと申したであろう。家督を継ぐのはもとより養子の口さえ望めぬ有様だが、俺も沢井も御家人の子。直参の端くれとして生きる身の上だ」

「その道を望んで歩まれると……」

「望むと望まざるとにかかわらず、この身が選んでしまうのだ。楽ではないと頭では分かっていながら、な」

「困ったもんだが、そういうこったぜ」

健作のつぶやきに、俊平も苦笑しながら同意した。

「されば私にも、望まずして自《おの》ずから歩み出す道が有ると……」

「そういうこったぜ」

「右に同じだ、若様」

「だから何につけても、お前さんをせっつきたくはねぇんだよ」

「されど相手の気持ちを考えれば、見て見ぬ振りをしてばかりも居られまい」

「……ご心配をおかけします」

「急《せ》き前《まい》とは言うめぇが、来し方を何とか思い出すこった」

「そこに若様の道が必ず有るとは限らぬが、見出すきっかけにはなるはずぞ」

「お二人ともかたじけない。向後は左様に心得ます」

答える若様の口調に澱みはない。

しかし胸の内では言い知れぬ葛藤が、未《いま》だ渦を巻いて止まずにいた。

俊平と健作の気持ちはあり難い。

されど若様が進むのは、二人が望むのとは別の道。

その道に、お陽や柚香を巻き込みたくはなかった。

三

若様は独り寝の床の中、目の冴えるがままに思い出す。

去る神無月の初めまで滞在した、玄界灘の離れ島のことである。

あの島は、本当に存在するのか。実は荒波に翻弄《ほんろう》される小船の中で気を失い、見た夢だったのではあるまいか。

江戸に戻ったばかりの頃に、俊平と健作は若様に言ったものだ。

『何を言ってやがるんでぇ、あれが夢のはずがねぇだろ』

『まさに夢見心地の日々であった故、左様に申すのも分かるが……な』

現実に違いないと言い切った俊平に対し、健作は半信半疑であったらしい。

『どうした平田、お前まで妙なことをほざきやがって?』

『さもあろう。余りにも浮世離れしておったからな』

『そりゃそうだけどよ、そもそも同じ夢を揃って見ることなんてできんのか』

『強い霊が取り憑《つ》いておる部屋で共寝をいたさば、そういうことも起きるらしいぞ』

『俺たちがお相手をした島の女たちが、幽的《ゆうてき》だったとでも言うのかよ』

『いや、たしかに生身であった』

『そうだろが。俺たちが乾く暇がねぇぐれぇ絞り取られたのは、夢でも幻でもありゃしねぇ。あれこれ考えるまでもなく、この体がしかと覚えてるこった』

それは俊平と健作だけが求められたことである。

三人が辿り着いた玄海灘の離れ島には、男が一人も居なかった。

故に漂着した男たちと交わって、子どもを作る。

なぜか女の子しか生まれぬため、そうするより他にないらしい。

三人きょうだいが起きている時はできない話である。

お陽の前でも控えるべきだろう。

『まさか女護《にょご》が島《しま》がほんとにあるとは思わなかったぜ』

『お奉行もそのことだけは、事前に明かしてくださらなかったな』

『あらかじめ知ってたらどうしたってんだ、平田』

『御家人仲間から生きのいい男《の》を見繕い、同道させた』

『何を言いやがる？　そんなことしたら、お奉行の彫物の秘密が漏れちまうだろが』

『慌てるでない沢井。あの島に残り、骨を埋めても構わぬと誓える者だけを選んでのことだ』

『そういうことかい』

『割下水の部屋住みは婿入りの口がなく、妻を娶ることの望めぬ者ばかりだからな』

『喜び勇んで付いてくる奴が幾らでも居ただろうぜ』

『小船では間に合わなかっただろうな』

『となりゃ、やっぱり俺たちだけで正解だったんじゃねぇのかい。それに貧乏暮らしが先々まで続くと分かっていても、鞍替えするのは無理なこったぜ』

『む……』

『俺とお前が思い切れねぇことを、みんなにできるはずがあるめぇ』

『……左様だな』

その時の若様には意味が分からぬ、俊平と健作のやり取りだった。

あの島に辿り着いたのは、思い起こせば奇跡に等しい話であった。

こたびの道中で若様たちは行きも帰りも、陸地をほとんど歩いていない。

葉月の末に江戸を出立し、徒歩で移動したのは下田まで。

海上交通の要衝《ようしょう》である下田の沖で樽廻船に乗り込み、伊勢《いせ》を経て大坂へ。

そして瀬戸《せと》の内海を抜けて九州の地に至る、海路を辿っての船旅だった。

風に恵まれはしたものの、往路だけで一月《ひとつき》近くを要した。

樽廻船は書いて字の如く、酒を始めとした樽詰めの荷を廻送することを目的とする商船だ。航路はあらかじめ決まっており、銚子屋の口利きで首尾よく便乗することができたとはいえ、行き先まで都合に合わせてはもらえない。

九州に入ってからも同様で、目指す玄界灘の離れ島に送り届けてくれる船など出てはいなかった。

となれば、後は土地の漁師を頼るのみ。

しかし三人がかりで探したものの、船出をしてくれそうな者は見つからなかった。

『玄界灘は折悪しく、北風が厳しい時期に入ったらしい。秋から早春まで吹き止まぬ風に煽られて波も強さを増す故、その昔に唐土へ渡らんとした船が幾艘も沈められたそうだ』

玄界灘の北風は、かつて遣唐使《けんとうし》の行く手を阻んだ大敵である。

近海で漁に勤しむだけならばまだしも、沖に出るのは無謀な話。たとえ船を借りることができても、漕ぎ手を引き受けてくれる者など誰も居まい。

『沢井さん、平田さん……私に、お命を預けていただけますか』

『念を押すにゃ及ばねぇ。最初《はな》っからそのつもりだぜ』

『そういうことだ、若様』

『かたじけない』

迷わず答えた俊平と健作に謝意を述べ、若様は北風の吹きすさぶ玄界灘に乗り出すことを決意した。

『されば沢井、船の都合を付けに参るか』

『合点だ』

『何ぞ策があるのですか？』

幾らまともに掛け合っても、上手く話が通るとは思えない。

『へへっ、蛇《じゃ》の道は蛇《へび》って言うだろ』

『案ずるには及ばぬ故、任せておけ』

不安を否めぬ若様に、俊平と健作は自信満々で請け合った。

二人が網元の弱みを握り、借り受けた漁船は帆を張るのも可能な造り。江戸で慣れ親しんだ猪牙《ちょき》より大きく頑丈な、外海の荒波に耐えうるものだった。

『どうだい若様、大したもんだろ』

『これほどの船を、損料《そんりょう》も払わずに貸してもらえたのですか』

『任せておけと言うたであろう』

『こいつぁ賭場《とば》で俺たちが作った貸しの担保だ、もしも俺たちと一緒に沈んじまっても弁済しろって話にゃならねぇから安心しな』

『賭場、ですか？』

『へへっ、ここらの漁師が丁半博打《ちょうはんばくち》に入れ揚げてんのは、掛け合いをしに廻ってた時から承知の上さね』

『もとより御法度なれば、開帳するにも場所は限られておる。網元の屋敷に相違ないと目星を付けて探りを入れたら案の定でな……沢井と二人で乗り込み、大勝ちをして参ったのだ』

『俺たちも伊達に本所で名前は売っちゃいねぇや。このぐれぇのことは昔取った杵柄《きねづか》で容易《たやす》いこったよ』

それは俊平が持ち前の勝負度胸を、健作が読みの鋭さを発揮して摑んだ成果。

二人の強さに脱帽した網元が明かした話によると、鎮衛も五十余年前に同じ方法で船を借り受けたらしい。

生来の勘を活かし、賽《さい》の目を読んでのことに相違なかった。

『いまの網元はまだよちよち歩きの頃だったそうだがな、ちびでも察しがつくほど世をはかなんでる様子だったらしいぜ。すぐにでも海に身を投げそうな、暗い顔をしていなすったって言ってたよ』

『賭場に居合わせた漁師の一人が、その折のことをよう覚えておった。生きて戻った時には安堵し、村を挙げて祝《いお》うたそうだ』

『お奉行が仰せのとおりだったのですね……』

二人の話を聞いた若様は、切なげな面持ちでつぶやいたものだった。

当時の鎮衛にとっては疎ましいものでしかなかった、生来の勘で賽の目を読んだのだ。

俊平と健作の如く、賭場での駆け引きを心得ていてのことではない。

件《くだん》の島に渡るため、博打で船を確保したと明かしたのだ。

若様たちが旅に出るのに際し、鎮衛は思わぬ話をしてくれた。

折しも鎮衛は長崎で名医たちを訪ねて回り、望まずして得た異能を抑制する方法を求めるも明確な答えを得られずに、絶望の淵に立たされていたという。

死ぬつもりで、海へ出たのだ。

武士の自害といえば切腹だが、あくまで己を裁く手段。

私事で思い悩んで腹を切るのは、武士道への冒瀆《ぼうとく》に他ならない。

さりとて身投げをすれば、土地の者に無用の迷惑がかかる。命を絶つのに最も確実な方法とされる首吊りも同様で、縁《えん》も所縁《ゆかり》もない人々に亡骸《なきがら》の始末をさせることになってしまう。

そこで船を手に入れて、沖に出ようと考えたのだ。

捨て鉢なようでいて、まだ鎮衛は一縷《いちる》の望みを抱いていた。

漁師たちから聞くともなしに聞き出した、幻のような島の存在。

渡ろうと望んで辿り着けるものではない、玄界灘の離れ島。

その島は異国のものを含め、如何なる海図にも載っていないという。

生きて渡れるのは風と波に恵まれて、導かれた者のみ。

その恩恵に若様たち三人も浴した結果、辿り着くに至ったのだ──。

四

いつしか若様は眠りに落ちていた。

夢に見たのは北風と戦いながら、玄界灘を突き進んだ時のことだった。

『島だ！　島だっ』

俊平が興奮しきりに声を上げた。

太い指で示す先には、見紛《みまが》うことなき島の影。

鎮衛から聞かされていたとおりであった。

『気を付けよ。矢でも射かけられたら避けようがない故な』

『それなら海に入って船を押していこうぜ』

『左様だな。浅瀬に至らば、鱶《ふか》も居るまい』

『念のために下帯を解いておくか』

『そうだな』

俊平と健作は着物を脱ぐと、褌を端から伸ばした。

鮫《さめ》は江戸湾にも出没するため、生態についても、ある程度のことは知られていた。

自分より体の長さが勝る相手を襲わないというのも、そのひとつだ。

江戸湾であれば人を襲う種類の鮫と出くわすこともないが、玄界灘は外海だ。鮫に限らず未知の海獣と遭遇する可能性も考えられた。

『我らが存じておるのは海豚《イルカ》や砂滑《スナメリ》がせいぜいだからな』

『あいつらが人を襲ったって話は聞かねぇなぁ』

『砂滑には大川《おおかわ》でもたまさかに出くわすが、猪牙をひっくり返すこともないな』

『伊勢の沖で見た鯨《くじら》ほど、でかいわけでもねぇしな』

『海に生くる獣の中には、その鯨さえ喰らう奴が居るそうだ』

『ほんとかい？』

『大きさは小型の鯨ほどだが、鮫の如く牙《きば》を生《は》やしておるらしい』

『牙と聞いちゃぞっとしねぇが、そんなにでかくねぇんだな』

『それでも海豚や砂滑よりは大きいぞ。子どもの鯨はひとたまりもなく、親鯨を相手取っても徒党を組んで襲いかかり、瞬く間に仕留めるそうだ』

『まるで狼だな』

『俺に話をしてくれた漁師も、左様に言うておった』

『願わくば出っくわしたくねぇもんだな』

『刀を濡らすのは好ましゅうないが、いつでも抜けるようにしておこうぞ』

『鮫と同じだってんなら、先に傷を負わせりゃ共食いが始まるはずだ。その隙に三十六計を決め込むとしようぜ』

『ともあれ用心して参ろう』

『心得ました』

話がまとまったのを耳にして、若様は頷いた。

三人の足が届く深さに達するまで、危害を加える相手に出くわしはしなかった。人間を含めての話である。

浅瀬に乗り上げた船を砂浜まで押していく間に、矢を射かけられることもない。

『きめの細かき砂だな……』

『ほんとだぜ。上物の歯磨き粉みてぇだ』

『潮が染みておる故、まことに使えるやもしれぬな』

『そこらの枝で房楊枝《ふさようじ》を拵えてみるか』

『指でやれば済むであろう。みだりに取らば命取りになるやもしれぬのだぞ?』

『ご大層だな。たかが小枝の一本ぐれぇで』

『この島を領する者の考えが、我らと同じとは限るまい』

『たしかに、徳川様の天下から外れたとこかもしれねぇからなぁ』

『遡《さかのぼ》らば源平《げんぺい》が覇《は》を争うた頃か……更に古き歴史があるということもあり得よう』

『それじゃ武家の世になる前だろうが』

『天子様のそのまた昔の御先祖様が、日の本ならぬ大和《やまと》の国を統《す》べておられた往時のままやもしれぬ』

『北町の和田さんがお奉行の彫物を見た時に言ってなすった、倭人伝とかってやつが書かれた時代の話かい』

『そこまで考えておいたほうが良いだろう』

『そうだなぁ。どんな形《なり》をしてるのが出てきても、後れを取っちゃいられねぇ』

『気を呑まれてはなるまいが、好んで争うてはならぬぞ』

『分かってらぁな。いざって時は後《ご》の先《せん》を取らにゃなるめぇが、こっちから手出しをするのは控えようぜ。若様も、そのつもりでいてくんな』

『承知しました』

　そんなやり取りをしている内に、足元の砂は乾きを帯びてきた。

『こうしときゃ波に攫われることもあるめぇよ。こいつを流されちまったら、元も子もねぇからな』

　俊平は大ぶりの流木を拾ってきて、船の下に嚙ませている。

　健作はその間も周囲に目を配るのを忘れない。俊平も無二の相棒である健作に背中を預けるだけではなく、作業しながらも警戒を怠らずにいた。

　若様も警戒を怠らず、辺りに気を巡らせる。

と、後方の茂みから向けられる視線を感じた。

一人ではない。

二人……三人……

こちらより数が多い上に、隠形《おんぎょう》にも秀でているようだ。

『……平田さん』

『うむ……』

背中越しに注意を促す若様に、健作は言葉少なに頷き返す。

俊平は腰の刀に左手を這わせ、堅く締めていた鯉口を切る。いざとなれば速やかに鞘を引いて抜刀し得る、されど露骨に分からぬように行う控《ひか》え切りだ。

健作も同様にして備える中、若様は両の手を体側に下ろした自然体。

冬なれど晴れやかな空の下、砂浜に力みのない立ち姿を示していた。

『……珍しき取り合わせの男《おのこ》どもが参ったの』

つぶやく声は鈴の音の如く涼やかな響きだった。

『子どもか?』

『無礼者め。わたえは長《おさ》じゃ』

思わず声を上げた俊平に、憮然とした答えが返された。

不快そうでありながら、声は変わらず愛らしい。

見た目は少女と言って差し支えのない、小柄で若々しい女人《にょにん》である。

周りに控える女たちは、俊平と健作に劣らず身の丈が高い。

小柄な若様より上背のある、均整の取れた体つき。

それでいて胸と尻は肉置《ししお》き豊かで、目のやり場に困る。

装いが貫頭衣《かんとうい》――一枚布の真ん中に開けた穴から頭を出し、前後に垂らした布で股《また》の付け根ぎりぎりのところまでを隠しただけでは尚のことだ。荒縄を帯のようにして腰に巻き、褌らしい下着も着けてはいるが、極めて開放的な装いだった。

『……こいつぁ極楽ってやつかもな』

俊平が啞然としながらも辛抱堪らぬ様子でつぶやいた。

日の本の女人、殊《こと》に武家女は着物をきっちりと着こなし、帯もきつく締め込むのが倣《なら》いのため、こうは育たない。

島の女たちの顔の造りは彫りが深く、化粧っ気がなくとも華やかであった。

『そなたたち、異国の血が混じっておるな』

向き合う面々に視線を巡らせた健作が、確信を込めて問いかける。相棒の俊平より冷静なところは、異境としか思えぬ島に迷い込んでも変わってはいなかった。

『異国とは、何処のことじゃ』

長と称する女人が問い返した。

同じ貫頭衣でも布地が多く、華奢であろう体は足首近くまで隠されている。黒々とした髪を二つに束ね、幼げながらも調った顔の左右に垂らしていた。

『阿蘭陀にエゲレス、オロシャと申さば通じるか』

いとけなくも威厳を備えた女人に対し、健作は続けて問いかけた。

『……察しはついたが、そちの言葉は拙《つたな》いの』

返されたのは意外な答え。

若様は思わず口を挟んだ。

『ということは、彼《か》の国々の船もこちらに来たのですか？』

海図にも載っていない島の位置は現地に着いたいまも定かではなかったが、対馬《つしま》と長崎の間の海域に位置するのは間違いあるまい。

三代家光が将軍だった時代に日の本から締め出され、未だ許されずにいる異国の者たちが船を駆り、誰憚ることなく往来できるのが玄界灘だ。

若様たちが役人の目を盗んで船出した長崎の沿岸は、三年前に阿蘭陀の商船になりすましたエゲレスの軍艦が出島《でじま》のある長崎湾に入り込み、未曾有《みぞう》の混乱を招いたフェートン号事件を機に幕府が警戒を強めていたが、ひとたび陸地を離れてしまえば監視の目は届かない。エゲレスに先んじて日の本の沿岸にしばしば出没し、幕府に通商を求めるも拒絶されたというオロシャの船も、頻繁《ひんぱん》に行き来をしていることだろう。

異国の船には、外海を渡る力が備わっている。

異国人を締め出すと同時に海外への渡航が禁じられた後に造られた、沿岸の湊《みなと》々《みなと》に立ち寄りながら航行することしかできない日の本の船からは、失われて久しい力だ。

その力を以てすれば、若様たちが苦しめられた荒波を乗り切ることも容易いはず。

この島の女たちが異国人めいているのも、外海を越えてきた男たちの血を引いてのことに相違あるまい――。

『来たのではない。招いてやったのじゃ』

若様の問いかけに、長と称する少女はさらりと答えた。

『招いた？』

『肌や髪の色などもとより問わぬが、この島に悪しき者どもは入れぬのじゃ。如何に外見を善人らしゅう取り繕うても邪心《じゃしん》を抱いておらば同じこと。有りもせぬ宝とやらを追い求め、勝手に沈みおる船が後を絶たぬがの』

『……されば何故、私たちは辿り着けたのですか』

『そちたちは、前に招いた男の知り人であろ』

『お奉行……こちらで異なる彫物を入れられたお方ならば、よう存じております』

『左様であろ』

健作に代わって問うた若様に、少女の如き長老は薄く笑って見せた。

可憐でありながら風格を漂わせる、貫禄に満ちた笑顔だった。

五

若様は厠に立った帰りに、俊平と健作が寝ている横を通った。

行住坐臥《ぎょうじゅうざが》の全般に亘ってがさつな俊平のみならず、起きている時の立ち居振る舞いが折り目正しい健作も、寝相は意外と悪かった。月代を伸ばしがちな俊平と違って髪の手入れを欠かさずにいるのに、枕を外したままで眠りこけていた。当て直してやるのは良いが、弾みで起こしてしまってはありがた迷惑であろう。

二人の夜着《よぎ》を掛け直してやるだけに留めて、若様は自分の布団に横たわる。

あの島に滞在している間は、二人と別に床を取るのが常であった。

『そちの子種《こだね》はみだりに受け取れぬ。せいぜい大事にすることじゃ』

長老の鶴の一声で、若様は島の女たちから遠ざけられた。

代わりに連れて行かれた俊平と健作は、連日に亘って交合《こうごう》に励んだという。

『種馬の気持ちが分かったぜ……』

『覚えておけよ若様。おなごは見目良さよりも情の濃いのが一番ぞ……』

無事に江戸へ戻った後、二人がぼそりと漏らした言葉である。

美男の健作はもとより俊平も、女色《じょしょく》の経験は武芸の鍛錬と共に積んだ身だ。にもかかわらず音《ね》を上げたくなるほどに、無理を重ねたようである。

対する若様は健全に、働くことに勤しむばかりの日々を送っていた。

後から鎮衛が明かした話によると、あの島に貨幣はもとより存在しないという。

金のないところに行きたい、とは騙りが無欲と装うために弄する詭弁《きべん》だが、金銀に価値を求めぬ場所で守銭奴が生きられるはずがあるまい。

あの島で若様が苦痛を感じずに過ごし得たのは、もとより欲が薄いが故のこと。島の女たちは長老に釘を刺された故なのか、誰も接触してこない。声をかけられることもなく、お陽や柚香から時として向けられる、熱い視線を感じることもなかった。

島の暮らしは漁撈《ぎょろう》と採集が専らだった。

招かれた男たちは、その手伝いをすることも義務付けられている。

若様は泳げぬものの身軽と知った長老は漁撈の手伝いを俊平と健作に任せ、若様は採集に専念させた。

木々の実を採り、鳥を追い、薪となる枝を集める。

身の軽さに加えて体力と根気が要る役目も、若様は苦にならない。

長老の命じることに三人が従ったのは、もとより目的があってのことだ。

入れられた鎮衛自身が未だ知らない、あの彫物の意味を確かめる。

それを知っているのは長老のみだ。

俊平と健作によると、島の女たちに彫物はないという。

古の日の本の暮らしが漁撈と採集によって成り立っていた時代には、男女の別なく彫物を入れていたと記録されている。

『その理由までは書かれちゃいねぇそうだが、和田さんは鮫や海蛇に襲われねぇためだったんじゃねぇかって判じていなすったぜ』

若様を交えて三人で話をした時、俊平が言っていたことだ。

『おぬし、和田殿に知恵を借りたのか』

『安心しな。旅に出ることまでは明かしちゃいねぇよ』

『ならばよい……我らが江戸を留守にしたことはすでに知られておろうが、目的まで気取られてはお奉行の立場がない故な』

『お奉行が直に明かしなさるのは構わねぇが、俺たちの口から漏らしちまうわけにゃいかねぇからな。和田さんにゃ後学《こうがく》のためとしか言ってねぇよ』

『あの方は医者あがりだけあって博識だからな。工藤平助《へいすけ》殿の弟子だったと申されるだけのことはある』

『そう言うお前も平田の親父さんに似て、割下水じゃ物知りで通ってただろ』

『それほどのことはない。こたびも出立に際し、俄《にわ》か仕込みで知識を詰め込んだだけのことだ』

『おや、そうだったのかい』

『左様。薬種《やくしゅ》を求める客を装うて、滝沢解《とく》の店に通うてな』

『曲亭馬琴《きょくていばきん》か』

『その名を慕うて訪ね参るおなごが絶えぬと仄聞《そくぶん》しておったが、噂に違わぬ人気ぶりでな、女房の悋気《りんき》が酷いらしゅうて仏頂面を通していたぞ』

『当代一の戯作者《げさくしゃ》先生なのにかい？』

『その戯作で大成しながら家業の薬種商いを続けておるのは、いつの日か武家として再起を図るためだそうだ。御家人株を買い、倅か孫をかつての自分と同じ二本差しにするためにな』

『そんなことまで訊き出したのかい』

『問わず語りというやつだ。最初は戯作の弟子入り志願と怪しまれたが、貧乏御家人の部屋住みが無聊を持て余してのことと思わせた後は早かった。噂に聞いたとおりの博識には、拝借する値打ちが十分にあったぞ』

『ほんとかい？』

『滝沢殿が申すには、異境や仙境《せんきょう》に迷い込んだと称する者の殆どは自覚のない騙りであるそうだ』

『神隠しに遭ったって奴のこったな』

『その証左《しょうさ》に、異なる地で見聞きしたとの話はすべて、その者が俗世で知り得る範囲のことでしかないらしい。目を通す折など無かったであろう、異界について記された書の内容を問うても答えられぬのが常だそうだ』

『俺たちは平山《ひらやま》先生んとこで、いろいろ読ませてもらってるけどな』

『兵原草蘆《へいげんそうろ》と称されるだけあって武具を蒐集《しゅうしゅう》なさるのみならず、ご蔵書も大した量だからな』

兵原草薑とは、俊平と健作の師事する平山行蔵《こうぞう》の道場の名前である。

代々の伊賀《いが》組同心の御役目を早々に隠居したまま組屋敷に居座り、鍛錬に専心する歳月を重ねて武芸十八般の手練《てだれ》と評判を取った行蔵は軍学の造詣も深く、最新の砲術にも通じていた。

その行蔵に学んだ二人をして瞠目《どうもく》させるほどの護りも、この島には備わっていた。

『平田さん、山に砲台があるのはご存じですか』

『西の沿岸だな。海からは見え難いよう、巧みに隠されておったな』

『東にもあったぜ。あれは異国の大筒、それも時代の新しいもんだ』

『平田先生のご蔵書のとおりであったな。せいぜい国崩しと呼ばれし頃のものだろうと思うたが、驚いたぞ』

『前に船ごと招かれた、エゲレスの船乗りが拵えたそうだぜ』

『船乗りと申しても航海士であろう。かの三浦安針や耶揚子と同じく、経験に知識を兼ね備えし者であれば成し得ることぞ』

『あれだけの備えがありゃ、異国船が群れを成して攻めてきても追い帰せそうだな』

『女たちに扱い様も学ばせてある故な』

『それにしても豪気《ごうき》なこった』
『なればこそ長老の眼に適うたのだろう。さもなくば、そもそも招かれもすまい』
『俺たちはどうなるんだろうな』
『いまは流れに身を任せ、長老の出方を待つのみぞ』
『恃みは若様ってこったな』
『そういうことだ』
『……心得ました』

六

『今日からわたえの側仕えをせい』
長老がそんなことを言い出したのは、若様たちが話をした翌日のことであった。
『私は男なのですが、構いませぬのか？』
『そちはおなごを知らぬ身じゃろ。わたえもおのこを知らぬがな』
『左様なのですか』
『神に仕える身じゃからな』

そう言って長老が明かしたのは、この島の始まりの話だった。

『ここは対馬洲《つしま》が生まれた時の、勢い余った飛沫《しぶき》だそうじゃ』

国生みの神話には書かれていないことである。

『されば貴女様は巫女《みこ》として、この島を……？』

『代替わりをしたばかりじゃ。銕蔵のことは、去る年に亡《の》うなったおばば様から話を聞いた』

『されば、貴女様はお奉行のお孫様……』

『父親《てておや》は違うが、そういうことになるの』

意外な繋がりがあったと知るに及び、若様は驚きを隠せなかった。

更に驚かされたのは、銕蔵こと鎮衛の彫物の由来である。

『お奉行を覡《かんなぎ》になさるために、あのお彫物を!?』

『おなごばかりでは何も変わらぬ故、左様におばば様は思い立ったのじゃ』

『お奉行は、途方もない話をされて気を失うたと仰せでした』

『さもあろうのう』

『それにしても、気を失うた身に墨を入れるとは酷いことです……』

『左様に申すでない。あれは銕蔵の命を長う保たせるためでもあったのだからの』

『どういうことですか』

『異なる力は大きすぎれば器である体が保たぬ。銕蔵は半年と経たぬ内に果てていたはずだったのじゃ』

『故に生き永らえさせるため、あのように……』

『今年で七十五になったそうだの』

『左様です』

『子は』

『奥方様との間に一男三女を』

『男子は一人か。久しく授からなんだのであろ』

『よくお分かりで……』

『そちの心を読んでおる故な』

『左様なことができるのですか⁉』

『そうでなければ、この島の巫女には選ばれぬ……』

何食わぬ顔で答えた長老が、ふと表情を曇らせた。

『………やはり、そちは王の血を引く身であるのだな』

『いや、私は左様な者では』

『正しく申さば、民を統べることを神孫《しんそん》より委ねられし家の子じゃの』
『…………』
『トクガワより分かれし家……シミズ、か』
『……左様にお奉行から伺《うかご》うておりまする』
『鎮蔵が見極めたのならば、偽りではあるまいよ』
長老は若様をじっと見返した。
『わたえの視立てによらば、そちの曽祖父にあたる者がトクガワの八代目じゃな』
『吉宗公のことでございますね』
『その者の血筋でトクガワを固めることを、ある者が望んでおるようじゃ』
『どなたが左様な野望を』
『名までは分からぬが、いまのトクガワを統べる者……十一代目の父親ぞ』
『されば、一橋の前の殿様が……』
『そうじゃ。ヒトツバシと視えておる』
それは若様も未だ与り知らずにいたことであった。
一橋徳川家の先代当主、徳川治済。
好々爺然《こうこうやぜん》と振る舞いながら我が子の家斉を将軍としたのみならず、祖父にして紀州徳川家の当主だった八代吉宗の血筋で御三卿を固めた上に、御三家をも掌握しようと企んでいる事実を、もとより若様が知るはずもない。

『……されば私は、何をなすべきなのでしょうか』

『そちは何としたいのじゃ』

『……それが邪《よこしま》なることならば、見過ごすことはできませぬ』

『相手はそちが身内じゃぞ』

『なればこそ、非を正すが務めかと』

『よう言うた。流石は鋏蔵の目に適《かの》うただけのことはあるの』

長老は感心した様子で言った。

『シミズの当主は、キクチヨと申すのであろ』

『左様にございまする』

『わたえより幼いの。身の丈も低いが固太りで意志の強そうな眼をした、なかなかに鍛え甲斐のありそうな子じゃ』

『よくお分かりに……』

若様は感嘆した面持ちでつぶやいた。

長老が口にした菊千代の印象は、若様自身が目の当たりにしたのと同じもの。去る卯月の八日に清水徳川家の屋敷に忍び込み、部屋の敷居越しに見て取った印象と寸分違わぬものであった。

『わたえの力、侮れぬじゃろ』

『お見それしました、長老様』

『キクチヨは、いずれキシュウ様なる家に送り込まれるであろ。そちに手出しが叶うのは、その話が決まるまでのことじゃ』

『されば、あの少年は』

『放っておけば道を誤り、稀代の暗君として歴史に名を残すことになる。そうなる前にしかるべく、教え導いてやるがいい』

『……私に、左様な大事が成し得ましょうか』

『成すも成さぬも、そち次第じゃ』

『弱音を吐いてはいられぬということですね』

『せいぜい励め。能ある者は多く労するのが世の常じゃ』

長老は笑顔のままで言い添えた。

『シミズの家と縁づかば、道は自ずと拓けるであろ』

『道、でございまするか？』

『そちの進むべき道のことじゃ』

戸惑う若様に、長老は続けて説き聞かせた。

『わたえが視たところ、そちは欲というものを持ってはおらぬ。されど俗世に生くるからには、いつまでも無一物のままでは居られまい』

『その何がしかを得るために、私はその道を』

『歩まねばならぬ。世の俗物どもと上手く折り合いをつけながらの』

『難しきことでありますね』

『弱音を吐いてはいられぬと言うたばかりであろ?』

『心得ました。もはや二言は申しますまい』

『得心したなら早うエドに帰れ。連れの二人も一緒にの』

『よろしいのですか』

『このまま島の土とさせるに値する者たちなれど、あれもトクガワの臣であろ』

『左様にございます』

『ならば身近に置いておけ。いずれそちの支えになるであろ』

長老は少女らしからぬ貫禄を込め、若様にそう告げたのだった。

第七章　白河藩上屋敷《しらかわはんかみやしき》

一

文化八年の師走を迎えた江戸は、陽暦《ようれき》で一月の半ばに入る頃。

ひとたび日が沈めば冷え込みが厳しいものの日中は暖かく、あかぎれになることも減る時期である。今日も朝から日差しが心地よい、晴れやかな空模様であった。

「どうした若様。やけに歩みが遅いじゃないか」

「すみません。平田さんにお借りした袴の裾が、ちと長《なご》うて……」

若様は珍しく、羽織と袴を着けていた。

武士が常着とする馬乗り袴は、若様がいつも穿いている野袴と違って裾が広いため立ち居振る舞いに気を遣う。借り物ならば尚のことだ。

「お前さんは小柄だからな。足が短い沢井から借りればよかったのに」

「見るからに傷んでおりますので、先様に失礼と思いまして」

「昨日の内に銚子屋に頼んでおけば、早々に用意してくれただろうに」

「日頃からお世話になっておりますのに、甘えすぎるわけには参りません」

「そうだなぁ。余計な借りを作ると、婿入り話がいよいよ断り難くなるからな」

「杢之丞さん、その話はちと……」

「ああ。余計なことだったな」

「こちらこそすみません」

「まぁいいさ。こっちだよ、若様」

「表門、ですか？」

「いいんだよ。俺たちは招きを受けた客人だからな」

「お招きがあったのは、ご同門の貴方と譲之助さんでしょう」

「心配には及ばんよ。若様は寝込んじまった譲さんの名代ってことで越中守様に引き合わせるから」

「されど……」

若様が戸惑うのも無理はなかった。

年季の入った長屋門は、そこらの武家屋敷のものではない。

奥州《おうしゅう》白河《しらかわ》十一万石を治める譜代大名、久松《ひさまつ》松平家の上屋敷だ。

若様が暮らす八丁堀には、四人の大名が屋敷を構えている。

その一人である白河藩主の名は、松平越中守定信。

老中首座として寛政の幕政改革を断行し、かの大田南畝《おおたなんぽ》が詠んだとされる、

『世の中に蚊ほどうるさきものは無し　ぶんぶといふて夜も寝られず』

の狂歌《きょうか》でも知られる、稀代の堅物である。

質素倹約と士風矯正《しふうきょうせい》を改革の根本とした定信は自ら文武の両道を実践し、とりわけ柔術に熱心に取り組んでいた。

学んだ流派は起倒流。

杢之丞は同門の定信の招きを受け、白河藩上屋敷を訪れたのだ。

共に招きを受けた譲之助は、折悪しく風邪をこじらせていて起きられない。

そこで杢之丞は若様に代理を頼み、同行させたのであった。

「ここまでご一緒しておきながら何ですが、まことに私でよろしいのですか」

「他ならぬ譲さんのご指名だろ。もちろん俺も異存はないよ」

「熱で起きられぬとあっては是非もなきことでしたので……」

「譲さんのことは子どもの時から知ってるが、あんなに高い熱を出したのは疱瘡《ほうそう》の時以来だよ。春の流行り風邪には罹《かか》らなかったのにな」

「たしかに珍しいことですね」

「馬鹿は風邪をひかないはずなんだけどなぁ」

「それは流石に失礼でしょう」

「稽古馬鹿ってことだよ。いつも相手をしてくれてる若様なら承知の上だろ」

「たしかに熱心なお方です。先だって小平太殿の投げに受け身を取れなかった玄関番の方々を鍛え直すと、張り切っておられました故」

「それで張り切り過ぎちまったのが仇になったな。寒空の下に毎日引っ張り出された玄関番の連中どころか、稽古をつけてた譲さんまで倒れちまって」

「その一途《いちず》さを越中守様にも見込まれたのでしょう」

「鈴木《すずき》先生の道場でも目を掛けていなさるからなぁ」

「やはり私が名代では、力不足なのではありませんか?」

「他の奴じゃ余計に無理だよ。沢井は品が悪いし、平田は色男すぎるしな」

「平田さんでもいけませんか?」

「越中守様は大の堅物だからな。平田の腕は認めても、女たらしと見たら組み合おうとしないだろうさ」

「まことにお堅い方なのですね」

「だから若様に頼んだんだよ。女に弱いって点じゃ、譲さん以上だしな」

「とは申せ、先様は十一万石のお大名ですよ。しかも上様と同じ徳川の御一門で、お若くして老中首座までお務めになられたお方なのでしょう？」

「構えることはないよ。若様はまだ生まれてもいなかった頃じゃないか」

「それはそうですが……」

「早く来なって。流石にご開門を願うわけにはいかないけどな」

「お待ちください、杢之丞さん」

「ほら、開けてくれたぜ。入った入った」

「はぁ」

若様は杢之丞に伴われ、番士が開いてくれた潜り戸から門の内に入っていった。

二

幾つも廊下を渡り、案内された先は定信の私室だった。

「よう参ったの、根岸」

「こちらこそ、お招きに与りまして恐れ入ります」

「堅苦しいことは申さずともよい」

李之丞の口上に、定信は気のいい笑顔で応じた。

五十半ばに近い定信は顔の造りこそ厳めしかったが、笑顔は優しげ。

「田村は風邪をこじらせたそうだの」

「鬼の霍乱《かくらん》にございますれば、ご容赦くださいますよう」

「気にするには及ばぬ。若いからと申して油断せず、大事を取らせよ」

定信は鷹揚に微笑んだ。

柔和な笑みを浮かべたまま、李之丞の後ろに控えていた若様に視線を向ける。

「そのほうが田村の名代か」

「ははっ」

若様は神妙に頭を下げた。

「それでは話もできぬ。面を上げよ」

平伏したままの若様に向かって告げる、定信の声はあくまで穏やか。

「恐れ入りまする」

若様は澱みなく上体を起こしていく。

定信の眼差しが鋭利な光を帯びたのは、若様の顔を見た瞬間のことだった。

「…………」

鋭い視線を向けながらも、柔和な表情は崩さない。

しばしの間を置き、定信は問いかけた。

「……そのほう、名は」

「清太郎《せいたろう》と申しまする」

若様が答えたのは、鎮衛が付けてくれた仮の名だ。

番外同心として探索に赴く際、名無しでは怪しまれると考慮してのことである。

若様を知らない人々は過去の記憶を失っていることなど斟酌してくれぬし、余計な身の上話をすれば怪しまれる。

故に鎮衛は若様の見た目と合う、還俗《げんぞく》した僧が名乗っていても不自然ではない響きの名前を用意したのだ。

初対面の定信は、もとより与り知らぬはずである。

にもかかわらず、若様に向けられた視線は鋭さを増していた。

表情ばかりか、声も険しい。

「そのほう、身共を侮る所存か」

「滅相《めっそう》もございませぬ」

「されば何故、姓を明かさぬ？」

定信は鋭い口調で畳みかけた。

「そのほうは武家、それも名のある家の出に相違あるまいぞ」

「いえ、左様なことは」

「身共の目を節穴《ふしあな》だと思うでないぞ」

戸惑いを隠せぬ若様を、定信は更に問い詰めんとした。

「越中守様、この者は己が来し方を忘却せし身にございます」

機先を制し、李之丞が口を挟んだ。

「来し方を？」

「生まれはもとより、姓名も覚えてはおらぬのです」

「記憶を失うておると申すのか」

「それを拙者の父が憐れみ、与えし名が清太郎という次第で」

「されば、こやつは肥前守とも昵懇にしておるのか」

「左様にございます。この者の身柄を預かりおります銚子屋を介してのことで」

「銚子屋と申さば深川の干鰯問屋であろう。あれほどの大店が何故に？」

「あるじの門左衛門に行き倒れかけたところを助けられ、その後も世話になっておるのでございます」

「それで身許を引き受けておるのか」

「左様にございますれば、決して怪しい者ではありませぬ」

「ふむ……」

定信は若様に改めて視線を向けた。

「清太郎とやら、根岸が口上に偽りはないか」

「ございませぬ」

「ならばよい。田村が名代を任せし腕前、とくと見せてもらうとしようぞ」

「ははっ」

答える若様は変わらず神妙。

定信が何を考えているのかは分からぬが、良く思われていないであろうことは察しがついた。

されど定信に引き合わせた杢之丞はもとより、若様を見込んで代理を頼んだ譲之助の顔も潰すわけにはいくまい。

相手がどう出ようとも、毅然として対処するのみ。

左様に心得、折り目正しく頭を下げていた。

三

その頃、俊平と健作は張り込みをしている最中であった。

「白河様の上屋敷か。若様もとんだところに連れて行かれちまったもんだな」

「断るように勧めたのだがな……李之丞殿も罪な真似をするものだ」

「そこが若様の泣き所よ。親しき仲にも油断は禁物ってことをしらねぇんだ」

「若様の腕を見込んだが故だろう。何事も無ければよいのだが、な……」

ぼやきながらも、二人は視線を向けた先から目を離さずにいる。

板戸の隙間から見張る相手は、かねてより抜け荷の噂が絶えぬ廻船問屋。大胆不敵にも昼日中から荷を運び込んでいると目星をつけてのことである。

張り込んだ場所は斜向《はす》かいのしもた屋だ。

前の借り手が引き払って早々に手金《てきん》を打って確保したのは門左衛門。商いの上での付き合いを活かし、抜け荷を働いていると漏らしてくれた上でのことだった。

得意先のために御禁制の品を仕入れるのは殆どの廻船問屋が密かにやっていること
だが、盗品と承知の上で大量に買い付けて、荒稼ぎをするのは阿漕《あこぎ》に過ぎる。

故に見過ごすことをせず、鎮衛に情報をもたらしたのだ。

すでに若様が店の土蔵に忍び込み、抜け荷を隠し持っていることは特定済み。

後は運び込む現場を押さえ、白日《はくじつ》の下に晒すのみである。

灯台下暗しの譬《たと》えに違わず、相手に警戒されてはいない。

「……若同心ども、遅えな」

俊平が焦れた様子でつぶやいた。

「急くでない。譲之助殿の指図とあらば、遅れはすまいよ」

「そう願いてぇもんだが、南の御番所を上手いこと抜け出せるかね」

「上役の目を盗むのは楽ではあるまい」

「内与力の譲之助さんと違って、縛りがうるせぇからなぁ」

譲之助が病床に臥した件は、番外同心の御役目にも支障を来《きた》していた。

番外同心は悪党を前にしても、単独で御縄にすることができぬ立場だ。

廻方の同心たちが私的に雇う岡っ引きも同じだが、捕縄《とりなわ》に結び目さえ作らなければ
相手を拘束しても差し支えなく、自身番所の若い衆も同様だった。

しかし、番外同心は影の存在。

いざ御用にする際は、立ち会う役人が必要だ。

その役割を一手に担っていたのが譲之助だが、今日は出役するどころか起き上がるのもままならない。

そこで代わりを仰せつかったのが、南町奉行所の番方若同心である関根《せきね》耕平《こうへい》と梶野《かじの》五郎太《ごろうた》。

譲之助が稽古を付けている南町の面々の中でも双璧《そうへき》をなす腕利きで、俊平と健作も面識はあるものの、捕物を共にするのは初めてである。

しかも若様まで居ないとあれば、不安を隠せぬのも無理はなかった。

「俺たちがしっかりしなくちゃなるめぇよ」

「そういうことぞ」

俊平のつぶやきを受け、健作が頷き返す。

その時、裏口の戸が慌ただしく開かれた。

「遅くなったな、すまねぇ」

「相すまぬ。出がけに雑事を申し付けられてしもうてな……」

口々に告げながら入ってきたのは着流しに大小を帯びた、二人連れの若い男。

関根耕平と梶野五郎太である。

番方若同心は、町方同心となった者が最初に務める御役目だ。番方と称するとおり武官の一種だが、あくまで立場は候補生。適性に欠けると見なされれば、本役は文官にされてしまう。

耕平と五郎太は譲之助に見込まれるほど柔術の腕が立ち、番方若同心が課題として命じられる死罪の斬首役《ざんしゅやく》でも未だ仕損じたことがない。志望の廻方に配属される可能性も高い、将来が有望な人材であった。

しかし、それは俊平と健作にとってはどうでもよい話である。

「……気取られちゃいないみてぇだな」

「……黒紋付を脱いで参る分別があったのは幸いぞ」

二人の言い訳を無視したばかりか、顔も向けない。

「おい、俺たちを子ども扱いする気かよ」

「労《ねぎら》いの一言ぐらいはあってもしかるべきであろう」

耕平と五郎太が気色ばんでも構わず、板戸の隙間から表を注視していた。

廻船問屋の前に荷車が横付けされた。

同時に姿を見せたのは、元服前と思しき武家の少年たち。みすぼらしいながらも袴を穿き、脇差を帯びた姿で士分と分かる。かねてより俊平と健作の下で番外同心の御役目を手伝っている、本所割下水の貧乏御家人の倅の一団だ。

少年たちは次々に、荷を下ろし始めた手代に肩をぶつけた。

「わわっ⁉」

「落とすなっ」

手代たちが慌てた声を上げながら支えた荷は木箱。

莚に包んだ上から荒縄できっちり縛り、容易に中身を見られぬようにされている。

「悪がきどもめ、何をしやがる」

「粗相《そそう》をしおって、謝らぬかっ」

何食わぬ顔で歩き去っていく少年たちの背に、叱りつける声が飛ぶ。

俊平と健作だ。

「災難だったな、お前さんがた」

「よほど大切な品々のようだが、大事はないか」

通りすがりを装って、手代たちに呼びかける。

「これはこれは、ご親切に痛み入ります」

困った手代たちに代わって答えたのは、廻船問屋のあるじだった。

「お構いいただくには及びませぬので、どうぞお引き取りくださいまし」

恐縮した態で差し出したのは、懐紙《かいし》の包み。

大きさと厚みを見れば、一両小判と察しがつく。

「おい、こいつぁ何の真似だ？　大事そうな荷だと思って気を遣ってやったのを、体よく追っ払おうってのかよ」

一転して凄んだ俊平は常の如く、月代の毛を剃ってはいない。墨染めの着物と袴が羊羹色に褪せているのも相変わらずで、浪人と区別が付かぬ風体だ。

「もとより見返りなど求めてもおらぬと申すに、浪々の身と侮りおったか」

続いて告げる健作も、浪人らしく見える装いだった。

一着きりの袴を若様に貸したため、今日は青地の着流し姿。日頃はきっちり帯びている大小の二刀も落とし差しにして、無頼らしく見せている。

「そこまでにしやがれ、浪人どもめっ」

「強請《ゆす》りとあらば捨て置かぬぞ！」

更に二人が凄まんとしたところに、耕平と五郎太が割って入った。

俊平と健作に引き続き、しもた屋の裏口から表に抜け出してのことである。

「ちっ、町方が来やがったぜ」

「慣れぬ親切はするものではないな」

ぼやきながら逃げ出す二人を尻目に、耕平は荷車に歩み寄る。

「あいつらも言ってたとおり、よっぽど大事な荷らしいな」

「それはもう、お客様からの大事な預かり物でございますので」

「とは申せ、手代どもの慌てぶりは尋常ではなかったぞ」

口を挟んだ五郎太が、木箱の一つを手に取った。

「念のため中身を検める。万が一にも御法に触れる品ならば捨て置けぬのでな」

「お、お待ちください」

堪らず止めるあるじを耕平が押し退けた。

その隙に五郎太は荒縄を切り、莚を取り去る。

騒然とする様に背を向けて歩き去りつつ、俊平と健作は言葉を交わしていた。

「前に運んだのと同じなら、箱の中身は長崎でも手に入らねぇ大昔の壺に水差し……間違っても落っことすわけにいかねぇ代物だ。割れもんじゃなけりゃ、ぼろを出さずに済んだだろうになぁ」

「あらかじめ若様が土蔵を調べてくれたおかげで、我らも芝居が打ちやすかったな」

「関根と梶野も、なかなかの役者だったぜ」

「あの出来ならば、向後も譲之助殿の名代が務まるであろうよ」

粛々と歩む二人に降り注ぐ、午前の日差しは暖かい。

「なぁ平田、若様は無事かねぇ」

「よりにもよって、相手が松平越中守である故な……」

「ご当人は若様と手が合うかもしれねぇが、厄介なのは家来どもだぜ」

「水野左内《みずのさない》と申す側近が、とりわけ難物であるらしい」

「寛政の御改革ん時に、風聞を集める役目をしてたって男かい」

「越中守が田安《たやす》徳川様の若君だった頃より、側近くに仕えおるそうだ」

「そうらしいな。養子に入った久松松平の連中よりも忠義に篤いに違いねぇ」

「無二の主君のためと思わば、何事も厭うまい」

「あり得ねぇこったが、もしも若様が無礼な真似をしちまったら……」

「その場で成敗《せいばい》に及ぶだろうな」

「ますます心配になってきたぜ」

「右に同じなれども手出しはできぬ。無事の戻りを祈るより他にあるまいよ」

ぶるっと背筋を震わせた俊平に、健作はぼそりと告げる。

暖かな日差しの下、共に表情を曇らせていた。

四

若様と杢之丞は定信に伴われ、屋敷内の稽古場に入ったところだった。

剣術用のものとは別に設けられた、柔術専用の稽古場だ。

二つも稽古場を構えれば、手間はもとより費えもかかる。倹約を旨とする定信らしからぬと思いきや、考えがあってのことだという。

「畳をいちいち敷き直さば手間を要するのみならず隙間が生じ、思わぬ怪我に繋がることがある故な」

「ご慧眼《けいがん》にございまするな」

「何事も家中のため、ひいては天下の安寧のためぞ」

相槌《あいづち》を打った杢之丞にさらりと告げて、定信は稽古場の入り口に立つ。

家臣たちはすでに稽古を始めていた。

定信が姿を見せるや一列に並んで膝を揃え、頭を下げる。

日頃の心がけに抜かりがないと一目で分かる、整然とした動きである。

定信が稽古場の上手《かみて》に座る。

杢之丞と若様は下手《しもて》に廻り、家臣たちと共に膝を揃えた。

「皆の者、大儀である」

定信の一声を受け、家臣たちが面を上げた。

「それなる根岸杢之丞と清太郎は身共が客人じゃ。無礼のなきようにいたせ」

「心得おりましてございまする、殿」

一同を代表し、年嵩の家臣が定信に答えた。

白髪頭の家臣の名は水野左内。

定信が幼少の頃から側近くに仕えてきた、一の腹心である。

「畏れながら、しばしお待ちを」

その左内が口を挟んできたのは定信が杢之丞と若様を呼び寄せ、稽古を始めようとした時のことだった。

「根岸殿はかねてより存じ上げておりまするが、そちら様にお目にかかるは初めてのことかと存じまするる」

「さもあろう。当家に招いたのは今日が初めてであるからの」

「さすれば僭越《せんえつ》ながら、まずは我らがお相手をつかまつりましょうぞ」

「左様か。ならば任せる」

「ははっ」

定信の許しを得た左内は、若様に視線を向けた。

「おぬし、清太郎と申すか」

「左様です」

「殿に申し上げしとおり、家中の一同にてお相手いたす。異存はあるまいな」

「お願いいたしまする」

若様は怯《ひる》むことなく左内に応じる。

横から杢之丞が何か言いかけたのを、目で制した上のことであった。


立ち合いは稽古場の上手と下手で同時に始まった。

上手に立ったのは、定信と杢之丞。

左内を初めとする家臣たちは全員が下手に廻り、順番に若様へ挑みかかっていた。

「どうした根岸、気になるか」

「いえ……左内殿は相も変わらず、ご忠義に篤い限りと思うただけにございまする」

「いまに始まったことではない。おぬしも覚えがあるだろう」

「初めてお招きを受けた時でございますな」

「あの折は、十人抜きをしてのけたの」

「左様にございましたな。なかなかに骨が折れ申した」

「それは当家の者たちぞ。そのほうは筋を傷めただけであろう」

「いまにして思い起こさば、よき稽古にございました」

「あの者にとっては、どうであろうな」

「清太郎は強うございますぞ」

「言われるまでもない。流石は田村が名代に選んだだけのことはある……」

李之丞の攻めを捌きつつ、定信はつぶやく。

その視線の先では、若様が相手を投げ倒したところであった。

すでに五人が返り討ちにされていた。

仕掛けた技をことごとく切り返されてのことである。

しかし、まだ十人が後に控えている。

殿《しんがり》の左内を含めれば十一人。

いずれも若様より年嵩ながら、鍛えられていると察しがつく者ばかりだ。

家臣たちが日頃から稽古に用いていると思《おぼ》しき装いは、木綿の筒袖と袴。

杢之丞と若様も定信の着替えを待ちながら、持参の稽古着に装いを改めていた。

また一人、若様に挑んだ家臣が投げられた。

「各々方、木太刀を持て」

左内が一声命じたのは、残る頭数が五人となった時。

起倒流には双方が帯刀した状態で立ち合う、鎧組討《よろいくみう》ちと称する技が存在する。

白河藩上屋敷の稽古場では刃引きではなく、木刀を用いるのが常であるらしい。

家臣の一人が若様に木刀を差し出した。

「無用にございます」

柄を向けて差し出されたのを断ると、若様は次の相手に向き直った。

「構わぬのか。根岸」

「常の如くなれば、大事はありますまい」

定信に問われて答える杢之丞に、動揺している様子はない。

「お気付きのことと存じまするが、清太郎にもとより柔術の心得はございませぬ」

「何を申すか。先程からの切り返しは、すべて当流の教えに則した体の捌きぞ」

「それがしと田村の相手をしてもろうておる内に、覚えただけにございます」

「余技であると申すのか？」

「そういうことになりましょう」

「されば、あやつの本技は」

「唐渡《からわた》りの拳法にございます」

「拳法だと……」

定信は杢之丞と組み合ったままで絶句した。

起倒流の創始に寄与した福野《ふくの》七郎右衛門正勝《しちろうえもんまさかつ》は、将軍家と尾張《おわり》徳川家の剣術師範を代々務める柳生《やぎゅう》家の新陰《しんかげ》流に関わる一方、時の明王朝《みんおうちょう》から渡来した拳法使いの技の見取りをしたことがあるという。

教わるまでには至らずとも、実地に見て学ぶ機会を得たのだ。

武芸を学び修める上で、見取りは必須とされる修行の一つだ。

正勝ほどの兵法者が、その機を活かさぬはずがない。

起倒流には、拳法の要素が取り入れられている。

そう定信が確信したのは、若様の体の捌きに違和感を抱かなかったが故のこと。

それどころか、既視感さえ覚えていた。

この青年は、若いながらも柔術の手練。

杢之丞が黙っていれば、左様に思い込まされたままだったに違いない。

定信は杢之丞を突き放した。

「越中守様？」

戸惑った声で呼びかけられても応じることなく、稽古場の下手へ急ぐ。

若様の残る相手は左内のみ。

震えながらも木刀を手挟み、向き合わんとして前に出たところだった。

もとより伍することは叶うまい。

定信は左内を押し退けて、若様の前に立った。

「清太郎」

呼びかけながら、構えを取る。

「そのほうが本技が見たい。遠慮のうかかって参れ」

若様は無言で定信を見返した。

構えを取ることなく、両の手を体側に下ろしたままの自然体。

無防備なようでありながら一分《ぶ》の隙も見出せない。

それは定信が求め、目指してきたものだった。

生来病弱な体を鍛え、心も強く磨き上げたい。

さすれば何者も恐れることなく、生を全うし得るに相違ない——。

左様に切望して二十四の年に起倒流の修行を始め、その他の武芸を止めてまで専念し続けて幾十年。

いまは亡き五代宗家の鈴木清兵衛《せいべえ》邦教《くにたか》に認められ、高弟の一人として数えられるに至っても、定信は己が理想を実現したとは思っていない。

その理想を、目の前の青年は具現《ぐげん》している。

十五人抜きを果たしながら何の力みも感じさせず、静かに定信を見返していた。

「参る」

定信は一声上げるや、若様に挑みかかった。

応じて若様も前に出る。

二人の間合いが、たちまち詰まる。

近間に踏み込んだ瞬間、定信は若様に組み付いた。

熟練の一手を仕掛けんとした刹那、体の軸が崩された。

畳に叩き付けられる寸前、腕を摑んで支えられる。

「ご無礼をつかまつりました」

耳元で告げる若様の声は、あくまで穏やか。

息一つ乱してはいなかった。

第八章　若様なる青年

一

若様と杢之丞が白河藩上屋敷を辞したのは、昼八つになる間際。

波乱含みの稽古を終えた後、中食の馳走に与った上でのことだった。

「越中守様の倹約ぶりは相変わらずだな。昼酒まで振る舞ってくださったのは結構なこったが、黒豆の汁で割った酒《の》じゃ酔えやしないよ」

若様を連れて数寄屋橋へ戻りゆく杢之丞の歩みは、常と変わらぬものである。

たしかに酔ってはいないらしい。

稽古を終えた定信は杢之丞と若様を再び私室に招じ入れ、用意させた中食の膳を共にしたのみならず、手ずから酌までしてくれた。

李之丞は不調法と固辞《こじ》した若様の分まで杯を受け、一人で酒器をほとんど空にしてしまったが、その酒は李之丞が言うとおり、黒豆の搾り汁で割ったもの。街中の煮売屋であれば湯や水で嵩《かさ》を増すのが常だが武家の当主、しかも一国の大名でありながら客人に黒豆割りを供するのは、定信ぐらいのものであろう。

「何しろ夜分に押しかけた客は誰であれ、寝る時間になったら追い帰しちまうのが常だっていうお人だからなぁ、あの酒も格別の間柄でなけりゃ勧めねぇそうだよ」

「左様でしたか」

「体にゃ良いかもしれねぇが、五臓六腑《ごぞうろっぷ》に染み渡るってわけにゃいかねぇなぁ」

李之丞の口調はいつになく伝法だった。

日頃から微薫《びくん》を帯びても所作はもとより、言葉も乱れることはないのが常の李之丞だ。南の名奉行と呼ばれる鎮衛の嫡男としての立場を自覚し、気さくながらも折り目正しい振る舞いを心がけていることを、若様は知っている。

「……ちとよろしいですか、李之丞さん」

「何でぇ若様、藪から棒によぉ」

李之丞が斜《はす》に若様を見返した。貧乏御家人ならではの無頼漢《ぶらいかん》じみた言動が板について久しい俊平と違って、まるで似合わぬ所作である。

それを指摘することなく、若様はさりげなく問いかけた。

「思ったこと言わざるは何とやらと申しますよ」

「腹ふくるる業《わざ》、だろ。あれっぱかしのお振る舞いじゃ八分目にも足りねぇや」

「らしからぬことばかり、無理に申されるのはお止めください」

「へっ、ついに言われちまったかい」

「貴方は弁も筆も立ちますが、芝居は下手ですからね」

「はっきり言うなぁ、今日の若様は」

李之丞は苦笑交じりにぼやいて見せた。

「お察しのとおり、先刻から腹がふくれっぱなしでな。沢井の如く振る舞えば言うてしまえるのではないかと思うたが、やはり無理があったようだ」

「お気兼ねは無用ですよ。何を申されても大事はありませぬ故」

「そう言われると、余計に謝り難いんだがな」

「李之丞さんに謝っていただく覚えはございませぬが……」

「左様なことはないだろう。俺はおぬしに一杯食わせたのだぞ」

「私が、騙されたと?」

「あらかじめ言っておかなかっただろう」

「何をですか」

「越中守様のお屋敷に初めて招きを受けた柔術使いは、ご家来衆に総がかりをされることだよ」

「されば、杢之丞さんも？」

「お初の時は十人抜きをさせられた。今日は本当だったら譲さんが、お前さんと同じ目に遭わされるはずだったんだよ」

「……それは、越中守様のご意向で？」

「いや、水野左内殿が進んでやっていることだ」

「あの白髪頭の御仁ですか」

「そのとおり。お前さんが最後に相手をするはずだったお人だよ」

「ご年配なれど侮れぬ、年季の入ったお腕前と見受けました。越中守様へのご忠義も並々ならぬものかと」

「越中守様が十《とお》の時から、側仕えをしているそうだ」

「とあらば、斯様なことをなさるのも当然でしょう」

「腹が立たないのかい？　俺は譲さんが寝込んだのを幸いに、お前さんに身代わりをさせたのだぞ」

李之丞は念を押すように告げてきた。

「沢井さんや平田さんでは無理だと判じられたが故なのでしょう」

答える若様に、疑う素振りは微塵《みじん》もない。

故に李之丞は黙っていることができなかった。

「そのとおりだが、理由はお前さんに言ったこととは違うんだよ」

「言い難いことならば、無理に明かさずともよろしいのですよ？」

「いや、言わせてくれ」

李之丞は続けて若様に告げた。

「沢井も平田も父上が認めたほどの連中だ。お前さんと一緒に戦えるだけの腕が有るのは俺も承知の上だ。若様よりは手こずっただろうが、どちらを連れて行っても後れを取ることはなかっただろうよ」

「……されば何故、私にお声がけをなさったのですか」

「あいつらの技は獣の牙だ。平たく言えば、人殺しの術だ」

「それは柔術も同じでございましょう？」

若様は戸惑いながらも問い返した。

柔術に限らず、武術は有事に備えて学ぶもの。

少なくとも武士にとってはそうなのだと、若様は理解していた。

「もちろん、いざって時は迷わず使うつもりだ。譲さんも思うところは同じだろう」

「されば、沢井さんと平田さんは違うのですか」

「違うな」

李之丞は即答した。

「あいつらは、すでに一度ならず人を斬ってるだろ」

「……左様ですね」

「その上に、刀を抜かずとも相手を殺《や》れる腕が有る」

「……十分に成し得ましょう」

「俺も譲さんも、未だ手を染めてはいないことだ。越中守様もそうだろう」

「左様なのですか」

「稽古で組み合っていれば分かることだよ。お手討ちになすったこともないはずだ」

「故に沢井さんも平田さんも、越中守様にお引き合わせすることはできかねたというわけですか」

「会わせるだけならともかく、総がかりをさせるわけにはいくまい」

「お二人にも分別はありますよ？」

「もちろん左内殿たちを殺しはしないだろうが、一歩手前までは行くだろ」

「……否定できませんね」

「だから俺も譲さんも若様を選んだんだよ。お前さんの拳法は悪党相手でも命を絶たない、活人《かつじん》の技だからな」

「この身が覚えておるが故なれば、褒めていただくに及ばぬことです……」

「謙遜することはあるまいよ。まことに大したものなのだからな」

杢之丞が称賛を惜しまぬのも当然だった。

若様が記憶を失っても忘れ得ずにいる拳法は、殺すことなく相手を制する。人体の急所を的確に打つことで失神を誘っても、命までは奪わない。

それは番外同心の御役目を遂行する上でも、望ましい理念であった。

町奉行所は可能な限り、生かして捕らえることが前提とされている。

手向かいが過ぎる相手を斬り捨てるのは、最後の手段。

故に捕物の現場では指揮を執る与力のみが真剣を帯び、同心は町奉行所に備え付けられた刃引きを腰にするのだ。

番外同心も同様ながら、正規の役人に非ざる立場の俊平と健作は、相手の命を絶つのを躊躇《ちゅうちょ》しない。生かして捕らえるのが難しいと判ずれば迷うことなく、自前の本《ほん》身《み》を振るって斬り伏せる。

しかし、若様は違う。

如何なる手練を相手取っても命は奪わず、意識のみを確実に絶つ。

本身の小脇差を帯びてはいても、人を斬るために抜くことはない。

故に李之丞は譲之助の名代を選ぶに際し、若様に白羽の矢を立てたのだ——。

「得心してくれたかい」

「念を押されるまでもありませんよ、李之丞さん」

「向こうから挑まれずに済めば、それに越したことはなかったんだけどな」

「私も左内殿の立場ならば、同じことをしたでしょう。とは申せ、越中守様とご同門の李之丞さんまで稽古に事寄せて痛めつけ、譲之助さんにも同じ真似をしようとしたのは、感心できることではないでしょう」

「越中守様の差し金に非ずってことだけは、料簡《りょうけん》してくれ」

「もとより分かっております。左内殿に再びお目にかかる折があったとしても、是非を問うつもりはありません」

「やはり強いな、おぬしは」

毅然と答える若様に、李之丞は改めて感心せずにはいられなかった。

この若様なる青年は、並外れて腕が立つだけではない。

その性根もまた、抜きん出たものなのだ。

定信が瞠目したのも無理はあるまい——。

二

「面目次第もございませぬ、殿っ！」

白河藩上屋敷では、定信の私室を訪れた左内がひたすら頭を下げていた。

人払いをさせてあるとはいえ、長々とさせたくはないことである。

「詫びるには及ばぬと申しておろう。いい加減に面を上げよ」

「いえ、左様なわけには参りませぬ」

「そのほうの頑固は、幾つになっても変わらぬな……」

平身低頭《へいしんていとう》し続けるのを前にして、定信は溜め息を吐《つ》かずにはいられない。

もとより咎めるつもりはなかった。

七つ上の左内は、すでに還暦を過ぎた身だ。

賢丸《まさまる》という幼名だった定信に十七の年から仕え、生まれ育った田安徳川家から久松松平家へ養子に出された後も付き従い、十一万石の藩主として白河の国許に入った際にも同行した、無二の忠臣である。

定信が老中首座となるや、左内は探索にも才を発揮。御公儀の諸役に就いた大名から旗本御家人に至るまでの実態を詳細に調べ上げ、幕政改革を陰で支えた。

そして齢を重ねても、未だ一の側近として定信に仕え続けている。

まだ隠居をさせるには早かろうが、勤勉に過ぎるのも困りものだ。

「悪いと思うのならば本音を聞かせよ、左内」

「殿？」

主君の所望に、左内は恐る恐る頭を上げた。

「そのほう、清太郎を何と見た」

「畏れながら、左様に仰せになられましても……」

「この期に及んで胡乱な輩とは言わせぬ。あやつが悪しき者ならば、あれほどの業前《わざまえ》に達することは叶うはずがあるまいぞ」

「……仰せのとおりと存じ上げまする」

「されば、人品《じんぴん》は」

「卑《いや》しからざることかと」

「さもあろうぞ」

「武芸のみならず諸学諸芸も、磨けば光ると見受けますする」

「まだ若い故、尚のことだの」

「しかるべき家に仕官をいたさば、先々に期するところも多うございましょう」

「まことだの」

「畏れながら、殿は左様にご所望で……？」

「その気がないとは申さぬが、手元《てもと》不如意《ふにょい》ではままなるまいぞ」

定信は再び溜め息を吐いた。

大名として十一万石を領する身でも、定信の暮らし向きは豊かとは言い難い。幼い頃より贅沢をする習慣が無く、酒に留まらず生活の全般に亘って質素倹約を心がけているにもかかわらず、藩士一人を召し抱えることさえ躊躇せざるを得ないのだ。

白河藩に限らず、大名の内証は余裕に乏しい。

江戸と国許を行き来して、二重の出費を強《し》いられる立場だからだ。

公儀の御役目に就いたが故のことならばともかく、無役の大名が参勤交代で出府をさせられ、一年に亘って上屋敷に詰めても得るものはない。月次御礼で登城に及んでも将軍と直に言葉を交わすことはなく、覚えが目出度くなるわけでもなかった。

何事もなければまだ幸いで、下手をすれば悪い意味で目を付けられ、御手伝普請《おてつだいぶしん》と称して千代田の御城の補修など、本来は将軍家が自前で賄《まかな》うべき工事のために出費を課せられる。

定信が担っている江戸湾警備も、御手伝普請と似たような御役目である。

正しくは『異国防禦《ぼうぎょ》の事』と称する御役目を命じられたのは、去る文化七年（一八一〇）の如月《きさらぎ》二十六日のことだった。

同年の皐月に房総《ぼうそう》を白河藩、相模《さがみ》を会津《あいづ》藩が受け持つと決定され、任を終えるまで江戸詰めとなることを命じられたのは神無月。かねてより定信が日の本の近海に出没する異国船を警戒し、白河藩領の沿岸を独自に防衛する態勢を調えていたことも評価されての人選であった。

何であれ公儀の御役目に就くのは名誉なことだが、かつて定信は三十の若さで老中首座となり、天下の御政道を担った経歴を持つ身の上だ。二代将軍の秀忠《ひでただ》の血を引く名門の会津松平家が同役とはいえ、あり難がるほどの人事とは言えまい。

日の本との交易を長らく独占してきた阿蘭陀の国力が衰退し、エゲレスにオロシャという二大国が本腰を入れて利権の獲得に動き始めた昨今、異国への対応はたしかに予断を許さぬ問題だ。

もとより定信も手を抜くつもりはない。国許の財政を預かる家臣たちにしてみれば迷惑なだけのことだろう。利の伴わぬ御役目を仰せつかった藩主の江戸詰めが長引くほど、余計な出費が嵩むことになるからだ。

「国表から、またぞろ文《ふみ》が届くであろうな」

定信のつぶやきに、左内は黙したままで俯いた。

肩衣を着けた上体が小刻みに震えている。定信が少年の頃、ふざけて跳び乗ることもしばしばだった背中が、いまは薄く、頼りない。

「何とした。面を上げておけと申したはずぞ」

「ご無礼をつかまつりました……殿のご苦労もお察し申し上げず、意見書を出しおるばかりの不忠者どもを度し難く、気を鎮めておりました故」

「左様に申すでない。あやつらの苦言を無下にしてはなるまいぞ」

「殿……」

「身共もそろそろ隠居を考えねばならぬ頃合いやもしれぬ」

「な、何を仰せになられまするか」

「むろん御役目を全うした上の話じゃ。会津侯の手前もある故な」

動揺を隠せぬ左内を落ち着かせ、定信は話を締め括った。

「しばし休む故、引き続き人払いをせい」

「ははっ」

一礼した左内は膝立ちとなって敷居を越え、粛々と退出していく。

静まり返った部屋の中、障子窓越しに差す西日が眩《まぶ》しい。

「…………」

独りになった定信は、改めて思い出す。

清太郎と名乗った青年のことだ。

初めて顔を合わせた瞬間、定信は愕然とさせられた。

しばし言葉を失ったまま、凝視せずにはいられなかった。

あの顔は徳川重好《しげよし》――いまは亡き清水《しみず》徳川家の初代当主と瓜二つ。

他人の空似の域ではない。

あれは血を分けた親子と見なすべき相貌《そうぼう》だ。

重好は九代将軍の家重の次男で、定信の従兄弟にあたる。

定信の生家の田安徳川家と同じ御三卿だが、清水徳川家は後発で格も下。

されど家重の長男で十代将軍の家治との仲は良好で、世子《せいし》の家基が変死を遂げたのに続いて家治が病に死した後、次期将軍となる可能性も皆無だったわけではない。

この可能性を握り潰したのが、いま一つの御三卿である一橋徳川家。

当時の一橋徳川の当主は、これも定信の従兄弟の徳川治済。

その嫡男が、当代の将軍の家斉だ。

そして重好は、不遇な立場のままで亡くなった。

行年五十一で身罷った重好と瓜二つなのが、清太郎と称する青年だ。

杢之丞が言っていたとおり、仮初めの名であるに違いない。

清水徳川家と『清』の一字が同じでも、偶然と見なすべきであろう。

しかし素性を承知で付けたとすれば、話は違う。

「肥前守め、不敵な真似をするものぞ……」

西日の下、定信は確信を込めてつぶやいた。

南の名奉行こと根岸肥前守鎮衛が心眼を備えているとの噂は、かねてより定信も耳にしていた。

鎮衛が長きに亘って数多の事件を裁いてきたのは、人智を越えた異能の力があってのことに違いない。

いまだ絶えぬ噂だが、かつて定信は顧みたことがなかった。

噂の真偽はどうであれ、鎮衛が有能なのは間違いない。

政敵の田沼主殿頭意次の引き立てで出世をしたのを罷免せず、引き続き重く用いたのも才を惜しめばこそである。

その鎮衛が見込んだ清太郎も、ただの若造ではないはずだ——。

三

その頃、若様は病床の譲之助を訪ねていた。

奉行の家臣である内与力は、役宅に付設する御長屋で家族と共に生活している。

譲之助の母親はすでに亡く、父の田村又次郎と二人きりの男所帯だ。

食事は役宅で独り身の家臣と一緒に摂るのが常で、臥せってからは根岸家の女中が運んでくれているという。

「お加減は如何ですか?」

「かたじけない。おかげでだいぶ楽になった」

「お気になさるには及びません。ちと失礼いたしますよ」

恐縮しきりの譲之助に微笑みかけつつ、若様は広い肩に手を掛ける。

床の中で上体を起こさせ、脱がせたのは汗に濡れた半襦袢。

鉄瓶で沸かした湯を桶に注ぎ、手ぬぐいを搾って体を拭いてやる。日頃から湯屋で太郎吉を洗ってやるのが常のため、甲斐甲斐しくも慣れた手付きだった。

「重ね重ね雑作をかけてしもうて相すまぬな、若様」

「お気になさるには及びません。日頃のご恩返しですよ」

「世話になっておるのは我らのほうぞ。沢井や平田に申さば図に乗る故、迂闊なことは申せぬがな」

「その沢井さんと平田さんが、今日は出張っておるのでしょう」

「うむ。関根と梶野に目付役を申し付けたが、首尾よう事が運んだようだ」

「それは何よりにございました」

「若様が事前に忍び込み、当たりを付けてくれたおかげぞ」

「できることならば仕上げまで見届けとうございましたが……」

「何も気に病むには及ばぬぞ。元はと申せば俺の落ち度だ」

「左様に申されますな。お風邪を召されたのは、日頃のご精勤が故ですよ」

「痛み入る……」

「さ、袖を通してください」

若様は替えの半襦袢を譲之助に纏わせた。

田村父子が暮らす御長屋は六畳と三畳の二間取りだ。玄関脇の三畳間は抱えの中間のために用意された部屋だが、内勤の父子は外出のお供をさせる奉公人は不要のため日頃は譲之助が寝起きをするのに用い、六畳間は又次郎の部屋となっていた。

その六畳間に譲之助が寝かされているのは、幼い頃から人一倍丈夫な一人息子が寝込んでしまったのを、又次郎が案じたが故のこと。部屋を交代した上で医者に支払う薬礼も惜しまず、八丁堀で評判の名医に往診を頼んでいた。

「流石は藪庵《やぶあん》先生ですね。熱が早々に下がって何よりでした」

「ふざけた屋号をしておるが、たしかに評判どおりの腕前だな」

語る譲之助の口調には、常の明るさが戻っていた。

独りきりで臥せっていれば、滅入るのは当然のこと。

根岸家の女中も食事は運んでくれるが、看病まではしてもらえない。日頃から敬遠されているので慣れてはいたが、病の床に臥している最中は寂しいものだ。

それが若様が来てくれたとたん、嘘のように気が晴れた。

まことに不思議な青年であった。

出会いは最悪だったのに、いまや知己《ちき》の如く気が許せる間柄。

若様の周りの他の者たちも、思うところは同じだろう。

それでいて、若様には冒し難い雰囲気も備わっている。

端的に言えば、気品があるのだ。

当人が過去の記憶を失っていては確かめる術《すべ》もなかったが、名のある家に生まれた身だったとしても不思議ではないだろう。

まことに左様であれば、世話を焼いてもらうのも心苦しいところだが——。

四

「それはまた、大儀であったの」

下城した鎮衛は杢之丞を私室に通し、話を聞き終えたところであった。

「お怒りになられませぬのか、父上」

杢之丞は恐る恐る、鎮衛に問いかけた。

「何をじゃ」

「その、若様を難儀に遭わせてしもうたことを……」

「異なことを申すでない」

鎮衛は呆れたように杢之丞を見返した。

「おぬしが言うたとおりであれば若様は越中守様のご家中を相手取り、十五人抜きをやってのけたのであろう」

「左様にございます」

「もしや、誰ぞ怪我でも負うたのか」

「いえ。若様は何事もなく、ご家中の者たちは筋を少々痛めた程度かと」

「さもあろう。相手を投げっぱなしにせず、支えてやるのが常だからの」

「ご存じだったのですか」

「銚子屋と共に若様を後見する身なれば当然ぞ。おぬしと田村が相手をしてもろうている様も、かねてより目にしておった」

「まるで気が付きませんでした」

「まだ甘いの」

「面目なき次第にございまする」

「左様に思うのならば更に励むことじゃ。相手をしてもらえる内にのう」

「何を申されますのか、父上？」

「いつまでも変わることなく、おぬしたちだけの若様で居てくれるとは限らぬということじゃ」

「父上……」

「越中守様のお目に留まったとなれば、若様もこのままでは居られぬな」

予言めいた鎮衛の言葉に李之丞は押し黙る。

父に心眼が備わっていることは、かねてより承知していた。

李之丞はもとより三人の姉にも受け継がれてはいない、人智を越えた異能の力。

その心眼を活かして鎮衛は数多の事件を解決し、名奉行と呼ばれるに至った身。

余人に明かしたところで信じてもらえぬ可能性が高いだけに、知る者はごく一部に限られている。

李之丞もいまだ半信半疑であったが、これまでに目の当たりにしてきたことを思い起こせば、真実と認めるより他にないだろう。

若様の今後について語る言葉も、ただの憶測ではあるまい。

「父上は、越中守様が若様を何とされると思われますのか？」

「気になるのか」

「それがしがお引き合わせをしたのが事の始まりとあらば、当然にございまする」

「さもあろう。おぬしは図らずも橋渡しの任を果たしたのだからな」

「橋渡し、にございまするか」

「左様。御三卿の御家にの」

「久松松平のご家中ならば分かりますが、何故に御三卿なのですか」

「越中守様のご生家が田安様であることは、おぬしとて存じておろう」

「もとより承知にございまするが、疾《と》うに越中守様は御一門から外《はず》れておられるではありませぬか」

「左様だの。心ならずも婿にやられてしもうた故な」

「父上」

杢之丞は慌てながらも気を巡らせた。

鎮衛の私室に出入りをする者は、自ずと限られている。

人払いも命じてあるとはいえ、話を聞かれる恐れは皆無ではない。

まして鎮衛が持ち出したのは、定信の過去に関する話。

同じ御三卿の一橋徳川家、ひいては将軍家に対する批判に繋がる話であった。

「久松松平は神君家康公に所縁の十八松平がご一族とは申せ、白河十一万石は分家にすぎぬ。失礼ながら伊予松山《いよまつやま》のご本家でさえ田安様と比ぶれば格下と申すに、好んで婿入りなさるはずがあるまい」

「左様な話はお控えくだされ」

「狼狽《うろた》えるには及ぶまいぞ。誰も聞いては居らぬ故」

「さ、されど」

「大人しゅう聞いておれ」

鎮衛は動じることなく話を続けた。

「おぬし、清水の御家を何と思うか」

「清水様、にございまするか？」

「田安様に絡んで話すとなれば、他になかろう」

「それはそうでございまするが……」

清水家は同じ徳川御三卿ではあるものの、田安と一橋の両家よりも格は下。長らく不在だった当主の座を家斉の七男の菊千代《きくちよ》が養子に入って継承し、再興されるに至っていた。

「わしが若様に授けし仮初めの名を申してみよ」

「清太郎にございまする」

「そのことは、越中守様もご承知なのだな」

「由来と共に話しました」

「されば、すでに気付いておられるであろうな」

「何に、でございまするか？」

「清太郎の清が、清水様にちなんだ一字であることじゃ」

「左様だったのですか、父上」

「越中守様であればお気付きになられるはずぞ」

「とあらば、何となさるのでしょうか」

「いま一度、若様に会おうとなさるに相違ない」

「それは清水様と若様に関わりがあるが故、なのでございますのか」

「しかとは明かせぬが、そういうことじゃ」

「………」

「その顔は、何ぞ察した様子だの」

「若様が何故に人品卑しからざるのか、ようやっと得心したのです」

「左様に感じておったか」

「譲之助も常々申しておりまする」

「武骨者《ぶこつもの》のおぬしたちが左様とあらば、沢井や平田もかねてより察しておろう。銚子屋の門左衛門とお陽は言わずもがなぞ」

「町の衆も、でございまするか」

「一人ならず居るだろう」

「伊達に若様と呼ばれて参ったわけではないのですね」

「名は体を表すものだ。仮の名も、またしかりぞ」

「されば父上が清太郎と名付けられたのも……？」

「我ながら、よう合《お》うた名であると思うがの」

「皆も左様に申しておりまする」

「されど、あくまで仮初めじゃ」

「若様のいまの暮らしも、でございまするか」

「何であれ、いつまでも変わらず続くものなど有りはせぬぞ」

「……越中守様は、何をなさるご所存なのでしょうか」

「出方を待つより他にあるまい」

「若様の身柄を所望されれば、父上は何となされます」

「わしの一存で決めるつもりはない。あくまで若様次第じゃ」

「それを伺《うかご》うて安心いたしましたぞ」

「おぬしも若様を好いておるのだな」

「申し上ぐるまでもなきことにございまする」

第九章　越中守の願い

一

その夜、定信は深更《しんこう》に至っても眠れずにいた。

頭の中を占めるのは、在りし日の重好のこと。

女人に関心を全く示さず、美貌の姫君を正室に迎えていながら指一本触れなかったのを定信は知っている。有り体に言えば、衆道《しゅうどう》にしか興味がない質《たち》だったのだ。

されど、あの青年と重好が他人の空似とは考え難い。

思案を巡らせる内に、定信はあることを思い出した。

「……たしか小巴《こどもえ》と申したの」

それは正室を遠ざけ、御側仕えの小姓と男色《なんしょく》に耽《ふけ》るばかりの重好が唯一人、親しく接した奥女中の呼び名であった。

奉公するにあたって小巴と名付けられた奥女中は、かの巴御前《ともえごぜん》さながらの女丈夫《じょじょうふ》で気が強いのみならず、警固役を兼ねる小姓たちを寄せ付けぬほど、武芸に秀でていたものである。

自ずと小巴は重好の稽古相手を務めるようになり、無聊の慰めに書を読み聞かせる御役目なども任されていたが、その外見は小柄で肉付きも薄く、顔形ばかりか体つきまで少年の如くだったのが、着衣の上からも見て取れた。

夜伽《よとぎ》の相手が選《よ》り取り見取りの男であれば、まず食指《しょくし》が動くまい。

しかし、重好ならば話は別だ。

(不敬なれど、大猷院《たいゆういん》様も左様であらせられた故な……)

大猷院とは、三代将軍の家光の戒名《かいみょう》である。

家光は若い頃から男色に耽溺《たんでき》し、御台所を迎えても御世継ぎを作ろうとしないまま齢を重ねていた。

乳母《うば》として幼少の頃から仕えてきた春日局《かすがのつぼね》に心を許していても、それは親愛の情があってのことだ。

女人と情を交わさせなければ、御世継ぎの誕生は望めない。

そこで春日局は一計を案じたという。

少年のような容姿の娘たちを集めて家光に勧め、関心を惹いて夜伽をさせることに成功したのだ。

この故事は重好にも当てはまる。しかもお膳立てをされたわけではなく、自ずから気に入って、御側近くに仕えさせていたのだ。

かつて定信は御機嫌伺いで清水屋敷を訪れた際、重好が他の女人たちには見せない笑顔を小巴に対し、惜しげもなく向けていたのを覚えている。

奥女中としてのみならず側室としても寵愛《ちようあい》していたのであれば、子を授かっていても不思議ではないだろう。

（菊千代の見舞いがてら、清水屋敷を訪ね参るか）

そう心に決めたとたん、すっと眠気が差してくる。

久方ぶりの安眠だった。

二

翌日、若様たちは朝から市中の探索に出向いた。

師走を迎えて、今日で七日目。

煤払《すすはら》いに歳の市と、大晦日に向けて忙しくなる間際である。

年の瀬は悪しき輩にとって、格好の稼ぎ時。

小店《こだな》に大店《おおだな》、長屋暮らしの町人から大名屋敷に至るまで、節季《せっき》の払いに備えて金の動きが慌ただしくなるのを幸いに空き巣狙いから押し込み強盗まで、人様の懐を狙う悪党が暗躍《あんやく》して止まない。

南北の町奉行所の廻方は足を棒にして探索に歩き回り、同心の配下として働く小者や岡っ引きに加えて各町の自身番も目を光らせていたが、悪しき輩は人目を欺くことに慣れている。

巧みに被った化けの皮を剝ぎ、悪事に及ぶ前に御用にする。

そのために番外同心の三人も労を惜しまず、手分けをして市中を巡っていた。

若様は千代田の御城下、俊平と健作の受け持ちは本所と深川の一帯だ。本所割下水育ちの二人にとっては勝手知ったる地とあって、任せておけば心配はない。

「若様は浜町河岸であったな、沢井」

「金貸しで儲けてやがる旗本の屋敷だ。押し込みの手引きをするために入り込んでる渡り中間を朝駆けでとっ捕まえて、日のある内に泥を吐かせる心づもりだそうだ」

「あの件か。お奉行があらかじめ話を通しておいたらしいぞ」

「俺たちも初めての捕物じゃ悪党どもが乗り込む現場を押さえたもんだが、そうなる前に防ぐに越したことはあるめぇってお奉行が判じなすったそうだ」

「一網打尽にするとなれば手間だからな」

「すぐに次の仕事に掛かれるわけじゃねぇし、当てが外れたとなりゃ浮足立って手前からぼろを出すかもしれねぇ。その時に廻方の連中が御縄にすればいいのさね」

「我らがやっておることは、まさしく縁の下の何とやらだな」

「力にゃ互《たけ》えに自信があるが、見返りが少ねぇのが泣けるとこだぜ」

「四の五の言うても始まるまいぞ。して、こちらに参るのは梶野であったか？」

「ああ、関根は若様のほうだ」

「譲之助殿に比べれば頼りないが、頭数が増えたのは幸いだったな」

「そういうこった。さて、そろそろだぜ」

「堅気《かたぎ》の夫婦を装うた騙り屋か……虫も殺さぬ顔をして人様を欺き、騙し取った悪銭で購《あがの》うたにしては、まことに小綺麗な住まいぞ」

「お前さん、前に張り込んだ時も同じことを言ってたぜ」

「おや、左様であったかな」

健作が視線を向けた先には瀟洒《しょうしゃ》な一軒家。

町人地が過密な千代田の御城下よりも、本所と深川は土地が広い。その中でも特に閑静《かんせい》な地を選び、分限者が構えるのが寮と称する別荘だ。

「まだ寝てやがる。ゆうべも遅かったみてぇだなぁ」

「騙りに使うた証文を若様に持ち出されたとは気付かず、血眼《ちまなこ》になって家探《やさが》しをしておったのだろう。見てみろ、勝手口の前に反古《ほご》が山になっておるぞ」

「ああいうのも売れば銭になるんだけどな」

「左様につましいことをする心がけがあらば、騙りなど働くまいよ」

「違いねぇや。それじゃ梶野が来たら踏み込むかい」

「昨日は荒事に至らなかった故、少しは手向かいをしてほしいところだな」

「ほんとだぜ。ぶん殴っても心が痛まねぇ奴らだからな」

「重ねし罪状からして死罪であろうが、守銭奴は死んでも治るまい」

「馬鹿と同じだな」

「故に思い知らせてやらねばならぬのだ。己が外道であることをな」

「こういう手合いをやっつける時にゃ、安扶持でも構わねぇって思えるぜ」

「右に同じぞ。されば逃げ出さぬように見張るとするか」

「合点だ」

　二人は頷き合うと踵を返す。

　俊平は寮の表を、健作は裏を固める。

　程なく五郎太が姿を見せた。

「待たせたな、平田」

「存外に早かったではないか」

「譲之助さんも明日には床上げが叶う故、本日が最後となる故な」

「それは重畳。されば抜かりのう頼むぞ」

「私は童《わらべ》を手捕りにいたせば良いのだな」

「子どもと申せど油断はするな。嚙み付くどころか、隠し持った刃物で刺されることもあり得ると思うて掛かるのだぞ」

「大袈裟だな」

「見た目は可愛らしゅうても筋金入りの悪童だ。情けを掛ければ命取りぞ」

　淡々と告げる健作の表情に、太郎吉やおみよに向ける笑みはない。

「さて、心置きのうぶちのめすといたすか」

　ひとりごちて歩み出す健作に、五郎太は黙って付いていく。

見た目からして猛々しい俊平のみならず、外見は美男の健作も身の内に獣を飼っている。番外同心の御役目に関わる上で譲之助から言われたのは、紛うことなき事実であったと実感していた。

三

定信は正午を前にして駕籠に乗り込んだ。

朝から取りかかっていた書き物を一段落させた上のことだ。

江戸湾防備の御役目は登城日が決まっているわけではなく、月次御礼を含めた恒例の行事の日の他は、千代田の御城へ赴くには及ばない。

煤払いは十三日、将軍への御歳暮として時服を献上するのは二十一日と、まだ日数に余裕があるのは好都合。

向かった先は清水御門。

千代田の御城の内曲輪《うちぐるわ》を護る、見附《みつけ》門の一つである。

この清水御門を潜った先に、清水徳川家の屋敷が設けられていた。

「松平越中守にござる。ご開門願おうぞ」

門前で駕籠を停めさせた定信は、自ら番士たちに向かって言い放つ。

大名同士であろうとも、訪ねる際は先触れをするのは当然の礼儀だ。ましてや、相手は将軍家に連なる御三卿。同じ御三卿の田安徳川家に生まれた定信といえども非礼に過ぎる振る舞いだが、これは考えあってのことだった。

「畏れながら越中守様、お先触れをいただきませぬと……」

「黙りおれ。身共が一橋の大殿と従兄弟の間柄であるのを忘れたか？」

「も、もとより存じ上げております」

「ならば何の障りもあるまいぞ」

「と、当家の殿は病み上がりにございますぞ」

「もとより承知で快気の祝いに参ったのじゃ。早々に門を開けぬかっ」

「は、ははっ」

番士たちは気を吞まれ、言われるがままにする。

定信らしからぬ傍若無人《ぼうじやくぶじん》な言動は、このぐらいで将軍の家斉から咎められることはないと承知の上のこと。中奥に呼び出され、嫌みを言われるだけで済むはずだ。

当年三十九の家斉は、五十を過ぎた定信にとっては甥《おい》のようなもの。十五の若さで将軍職に就いてから六年に亘り、面倒を見てきた恩もある。

表門の扉が重々しい音と共に開かれた。

定信が乗り込んだ駕籠を担ぎ上げ、陸尺たちが整然と進みゆく。

玄関内の式台に横付けされるのを待ち、定信は駕籠から降り立った。


「越中守殿！」

定信の顔を見るなり、菊千代は嬉しげに声を上げた。

清水徳川家の三代当主は、持ち前の元気を取り戻していた。

日頃から柔術の稽古で鍛えた体は、病にも能く耐える。

疱瘡は去る五日に回復し、祝いの笹湯《ささゆ》を浴びた後。

よちよち歩きをしていた頃から慕っている定信との対面を喜ぶ顔には、あばたの跡もほとんど残っていない。

「越中守殿、どうぞこちらへ」

元気者の少年は作法に違わず、定信に上座を譲った。

「左様なわけには参りませぬ。さ、どうぞ御座りくだされ」

孫ほど年の離れた少年を下にも置かず、改めて上座に着かせる。

同じ徳川の血筋であっても、いまの定信は臣下の一大名。

対する菊千代は将軍の七男にして、清水徳川家の当主だ。

上下の分を重んじる定信が、粗略に扱えるはずがあるまい。

幼くして己の立場に驕《おご》る質であれば厳しく接し、上に立つ身の自覚を促すべきだが菊千代は定信に敬意を失することがなかった。

同時に少年らしく、甘える時は遠慮がない。

「越中守殿、かねてよりお願い申し上げておりました儀は、その後如何でございまするか？」

それは定信が頼まれていた、指南役を連れてくる件の催促であった。

菊千代が切望する指南役は夜陰に乗じ、清水屋敷に幾度も忍び込んだ拳法使い。

尋常ならざる腕前の拳法使いは重好の月命日に決まって丑三《うしみ》つ時に忍び込み、そのたびに屋敷内の開かずの間に独り座しては、読経をするのが常だったという。

その拳法使いとは、清太郎と名乗る青年に相違ない。

定信は左様に確信した上で、清水屋敷を訪れたのだ。

菊千代と約束を交わせば、定信も本腰を入れて清太郎の素性を明らかにしなくてはならなくなる。

それは定信が自ら望むこと。

菊千代のみならず、いまや己自身のために、切に願うことであった。

「長らくお待たせをいたしましたな、菊千代様」

「されば、越中守殿」

「菊千代様が御所望の者に相違なき手練と、図らずも縁を得申した。年が明くる前に連れ参ります故、いましばらくお待ちくだされ」

「かたじけのう存じまする」

「御礼の儀は当人を引き合わせし後に願い上げまする。されば、御免」

四

清水屋敷を後にした定信は、呉服橋に駕籠を向けさせた。

訪ねた先は、呉服橋御門内の北町奉行所。

折しも昼八つとなり、南北の町奉行が下城する頃だった。

北町奉行を務める永田備後守正道とは、清水家に用人として詰めていた頃から面識がある。御三卿の当主の世話は派遣された旗本たちが担うのが習わしであり、かつては正道もその一人であったのだ。

「一別以来であったの、備後守」

「越中守様におかれましても、変わらずご壮健で何よりにございまする」

作法どおりに挨拶を交わす正道は当年六十。

定信より年は上だが、もとより粗略に扱うことはない。

それでいて油断なく、定信の出方を探っていた。

「して越中守様、本日は如何なる御用向きにございまするか」

「身共が御役目は存じておろう。町方の手を煩わせるには及ばぬことぞ」

「されば、何故のお越しで」

「有り体に申さば、清水様のことで話が聞きたい」

「清水様、でございまするか？」

「左様。おぬしが御用人を務めし頃の話じゃ」

「その節にも一度ならず、お目にかかっており申しましたな」

「前の上様との御兄弟仲の良さは、御畏れながら微笑ましい限りであったの」

「左様にございましたな……」

「そのみぎりに、清水様の御側近くに仕えしおなごが居ったはずだ」

「おなごと申さば、奥女中どもにございまするか」

「たわけ。切れ者の用人であったおぬしが、唯一人しか居らなんだのを忘れるはずがあるまいぞ」

「……小巴について、何をお知りになられたいのでござるか」

「言い難そうな素振りだの」

「お察しくだされ。御生前の清水様が如何なる御方であらせられたのか、もとより承知でございましょう」

「それを承知でおぬしを訪ね参ったのだ。有り体に申さば、小巴との間に授かられし御子について、知っておることを聞かせよ」

「……よほどの理由があってのこととお見受けいたしまする」

しばしの間を置き、正道は言った。

「清水様の御屋敷に開かずの間が有ることを、越中守様はご存じでござるか」

「存じておる。曲者が忍び入ったと申す一室だの」

「あれは小巴の部屋にござる」

「小巴の？」

「御畏れながら清水様が御正室の御目を憚り、忍び逢われるために用意された御部屋にござり申した」

「まことか」

正道が明かしたことに、定信は驚きを隠せなかった。

武家屋敷の奥は当主の正室を始めとする、家中の女たちが住む場所だ。

御三卿も例外ではなく、小巴は清水屋敷の奥向きで暮らしていたはず。

その奥向きから離れた一室を小巴が与えられたのは正室の目を盗み、当主の重好と情を交わしていたが故だったのだ。

「曲者はそこまで承知の上で、忍び込んでおったのか」

「いまだ明らかではござり申さぬ」

「捕らえるに至っておらぬとあれば、是非もなかろう」

「畏れ多くも上様の御下命でありながら、面目なき次第にござる」

正道は慇懃《いんぎん》に頭を下げた。

言外に退出を促す素振りだった。

これ以上の長居は無用であろう。

「御用繁多の折に邪魔をいたした。許せ」

「滅相もございませぬ」

定信の詫び言に、正道は安堵の面持ち。

その隙を衝き、定信は問いかけた。

「件の曲者は、おぬしの近くに居るやもしれぬぞ」

「と、申されますと？」

「曲者を成敗せよとの御意《ぎょい》はおぬしのみならず、肥前守も承ったと聞いておる」

「左様にございまする」

「肥前守が委細を承知で匿《かくも》うておると申さば、何とする」

「あり得ぬ話でございますな」

正道は破顔一笑して見せたのみだった。


続いて定信は数寄屋橋へ駕籠を向けた。

御門内に入り、南町奉行所の表門を開かせる。

「あの梅鉢は久松松平の紋所だぜ」

「もしかして、白河様かい？」

「間違いないよ。あの堅物のお殿様さね」

公事の訴えに足を運んでいた人々が、恐々と視線を向けながら囁き合う。

押し通る定信に、臆《おく》するところは微塵もない。

定信は早々に奥へ通され、鎮衛と向き合った。

「これはこれは越中守様、久方ぶりにございまするな」

笑顔で定信を迎えた鎮衛の装いは、羽織と袴。下城して早々に裃を脱ぎ、部屋着に装いを改めた後に定信の来訪を知らされて、後から袴を穿いたらしい。

「先触れもせずに失礼したの。許されよ」

「お気遣いには及びませぬ。町奉行とは諸役に増して人と会い、話を聞くのが御役目の大半でございます故」

「大儀なことだの」

「十年を過ぎて、流石に慣れ申しました」

「上下の別なく、多岐に亘る者たちと顔を合わせて参ったのだろうな」

「左様にございまする」

「その中に、清水様に似た者が居らなんだか？」

「…………」

「御当代の菊千代様に非ず、初代の御当主の重好様、いまは亡き峻徳院《しゅんとく》様じゃ」

「……越中守様」

「うむ」

「卒爾《そつじ》ながら、お加減が悪いのではござらぬか」

「左様に思うたか、肥前守」

「越中守様ともあろうお方が、正気で申されることとは思えませぬ故」

「そう来おるか。備後守と違うて、食えぬ奴よ」

「されば北の御番所にも、お越しになられましたのか」

「もとより用向きあってのことじゃ。おぬしの与り知らぬ話での」

「かつて清水様の御用人を務めし備後守ならば、さもございましょう」

「何を言うても動じぬか。流石だの」

「これが年の功というものでございまする」

「その功を以て、あの者を取り込んだとでも申すのか」

「何者のことでございましょう」

「おぬしが倅と昵懇の、清太郎なる若者ぞ」

「ああ、あやつのことでございましたのか」

鎮衛は安堵した様子で息を吐く。

「何事かと思うて肝を冷やしましたぞ。越中守様も、お人の悪い……」

とぼけて見せたのは、あの青年を差し出す気がないからなのだろう。

「愚息《ぐそく》からお聞き及びと存じまするが、清太郎は銚子屋に拾われし身にござる。娘のお陽に見込まれて、いずれ婿に入ることとなりましょうが、そのために身共が仮親を頼まれておりましてな」

「仮親とな？」

「あの腕前は武家の出と判じております故」

「成る程のう」

定信はじっと鎮衛を見返した。

「左様な次第と申すのならば、こちらも出遅れてはなるまい」

「何となされるご所存で？」

「清太郎を当家に寄越せ。しかるべき仕官の口を世話してつかわそう」

「失礼ながら白河様のご家中に、ご新規のお召し抱えは難しゅうございましょう」

「当家に仕えさせるとは申しておらぬぞ。世話をいたすと言うたのだ」

「……ご冗談ではなさそうでございますな」

「生来の堅物であるからの」

鎮衛をずいと見返し、定信は腰を上げた。

「仮初めの名としては良きものなれど、次はふさわしき名乗りをさせることだの」

「…………」

「一日も早う参れと、当人に伝えよ」

背を向けたまま敷居を越え、定信は歩き去っていく。

残された鎮衛に言葉はない。

若様に来るべき時が来たのだ。

あらかじめ杢之丞を諭《さと》したものの、現実となっては動揺を隠せなかった。

第十章　清水家《しみずけ》 影指南《かげしなん》

一

若様が重好の隠し子に相違ないと確信した定信は、その後も若様を呼び出すことを続けた。

しかし、若様は一向に応じない。

鎮衛を介するのみならず、李之丞を通じても無駄であった。

「ご同門に非ざる身なれば、切にご容赦を……か」

使いの者が持ち帰った文を前にして、定信は溜め息を吐く。

起倒流の門下ではないのを理由に固辞されては、無理を強いるわけにもいくまい。

文の達者な字は、寺僧ならではの筆の運び。

拳法と共に幼い頃から、修行を重ねたものに相違なかった。

二

「いいのか若様？　せっかく十一万石の殿様とお近づきになれるってのによぉ」

「越中守様は堅物なれど、武芸に造詣の深きお方だぞ。おぬしの業前が認められたとあらば、昵懇に願うても損はあるまい」

八丁堀の組屋敷では、俊平と健作が若様をせっついていた。

以前と考えが変わったのは、定信が本気と知ったが故のこと。

上つ方の気まぐれに振り回されるのならば断るべきだが、もとより定信は他の大名とは違う。斯くも熱心とあれば尚のことだ。

しかし若様は、どうあっても呼び出しに応じるつもりはないようだった。

「お大名の後ろ盾など要りません。いまの暮らしで私は十分に幸せなのですよ」

「やれやれ、欲がねぇにも程があるぜ」

「勿体《もったい》なきことだな……」

若様の答えに、俊平と健作が溜め息を吐かずにはいられない。

だが、それでこそ若様だと感心してもいた。

「ご飯がたけたよー！」

「わかさま、はやくはやくぅ」

太郎吉とおみよが呼んでいる。

今朝もお陽は寒い中を組屋敷に訪れ、朝餉の支度に励んでくれていた。

「私が運びましょう」

甲斐甲斐しく手伝う新太に歩み寄り、若様は味噌汁の鍋を手に取った。

「これで十分に幸せ、か」

「安上がりなことで何よりだな」

苦笑いを交わしつつ、俊平と健作も膳に着いた。

三

定信が再び鎮衛を訪ねたのは、師走も半ばに至った頃。

煤払いを終えた役宅の空気が澱んだかと思えるほど、表情が暗い。

鎮衛が人払いをさせたのは、そのような姿を家中の譲之助らはともかく、奉行所の与力たちにまで見せるに忍びないが故だった。

「肥前守、隠さずに教えてくれ」

定信は意を決した面持ちで、鎮衛に問いかけた。

「おぬしの心眼には、あの者のすべてが視えておるのであろう?」

「越中守様、ご冗談を」

「とぼけるには及ばぬ。まずは姓名の儀から頼む」

「……身共は若様とお呼び申し上げております る」

「若様とな」

「御畏れながら、御名《みな》を存じ上げ奉りませぬ故」

鎮衛の言葉遣いは、将軍家に所縁の人物を崇《あが》めるものとなっていた。

定信も威儀《いぎ》を正し、じっと耳を傾ける。

かくして定信の決意を見て取った鎮衛は若様が亡き重好の子に相違なく、清水徳川家の真の後継者であることを、包み隠さずに明かしたのであった。

「左様な次第にございますれば、身共からも伏してお願い申し上げまする」

その夜、若様を呼び出した鎮衛は定信と会うことを求めた。

恩人の勧めとあっては、若様も逆らえない。

決め手となったのは鎮衛が明かした、

「実を申さば白河侯は、菊千代様に柔術の手ほどきをしておられまする」

という話であった。

「されば越中守様に御同道を願えれば、清水屋敷に罷り越せると……？」

「将軍家の御目を憚ってのことなれど、可能でございましょうぞ」

若様の問いに答える鎮衛は、島の長老が話したことも承知の上。

菊千代の力となり、将軍父子を正したいと決意しながらも為す術を見出せずにいた若様にとって、定信の誘いは渡りに船だったのだ。

「とは申せ、まずは白河侯に認められねばなりますまい」

「もとより覚悟の上です」

「あるいは腕試しをされるやもしれませぬぞ」

「腕試し？」

「菊千代様を可愛がっておられるが故、さもあろうかと」

「心得ました。お奉行のご期待に沿えますように力を尽くした上で、私も越中守様のご存念を、しかと見極めとう存じまする」

「くれぐれも、お気をつけてお出でなされませ」

「かたじけない。されば行って参りまする」

若様は役宅を後にして、白河藩上屋敷に独り赴いた。

四
「腕試し、にございまするか」

「御畏れながら故あってのことにございますれば、お相手くだされ」

定信の所望により、若様は屋敷内の稽古場に足を運んでいた。

対峙《たいじ》するのは定信のみ。

人払いをされた稽古場に家臣たちの姿は見当たらず、気配も無い。

重ねて定信が望んだのは、柔術と拳法の異種格闘。先日の立ち合いのように加減をせず、本来の技を見せてほしいと所望されたのだ。

蠟燭の淡い明かりの下、二人は稽古場の中央で対峙した。

共に気合いは発さない。相手に後の先を取られぬための、実戦と同様の心得だ。

定信の防御は鉄壁であった。

最小限の動きを以て、若様の突きと蹴りを捌いてのける。

それは真の意味での殿様芸。合戦において本陣に至った敵の攻撃を凌ぎ切り、生き延びることに主眼を置いた戦法だ。

しかし、攻めは若様が上を行く。

身軽な若様に投げ技は通用しないと悟った定信は、当て身を仕掛けた。

切り返しざまに若様が放ったのは、掌底《しょうてい》の一打。

顎を捉えた一撃に、定信は意識を手放した。


息を吹き返した定信は、畳の上に横たえられていた。

上に掛けてあったのは、若様が脱いだ筒袖。

半襦袢に野袴を穿いた姿で、枕辺に膝を揃えていた。

「敗れし身共を、気遣《づこ》うてくださったので？」

「当たり前のことでございまする」

「……御見事にござり申した」

若様の勝ちを認めた上で、定信は願い出た。

清水徳川家の真の後継者と承知の上で、菊千代の影の指南役になってほしい。

そう頼み込みこんだのだ。

「将軍家に生まれし和子《わこ》は次期将軍と定められし世子を除き、大名家に送り込む駒とされるが習いにござる。しかも菊千代様は父御の上様のみならず、祖父上で一橋徳川家の前の当主であった治済様にも、手頃な駒と見なされており申す」

「それが菊千代様の定めとあらば、致し方のなきことです」

「もとより承知の上なれど、力なきままに送り出させとうはないのでござる」

若様を説得するために定信が恥を忍んで明かしたのは、かつて久松松平家へ養子に出された自身の過去。

それは我が子の家斉を十代将軍だった家治の養嗣子にさせ、次期将軍とする野望を抱いた治済が、時の老中だった田沼意次を使っての策略だった。

当の定信の意向は無視され、勝手の分からぬ他家へ送り込まれたのだ。

「養子に出されるとは、斯くも辛いことにござり申す……」

そんな当人の心情など意に介さず治済が望むのは、徳川をすべて己が血筋で固めること。

一橋徳川家の初代当主で不遇な一生を送った、亡き父の宗尹《むねただ》が無念を晴らすためと装いながら、実のところは己が野心の赴くままにやっていることと定信は言う。

「いずれ菊千代は紀州へ送られることでござり申そう。一橋が企みを完遂《かんすい》する仕上げの一手を打つために……」

「私に何ができると思われますのか」

「菊千代に力をつけてやりたいのでござる。己が身を護るに留まらず、内なる敵をも討つ力を」

「…………」

「さもござろうが重ねてお頼み申し上ぐる。未だ穢《けが》れを知らぬ身なればこそ、いまの内に鍛えてやってはいただけますまいか？」

「越中守殿」

「身共は菊千代様のことを御畏れながら、孫にも等しいと想うており申す」

「……お顔を上げてください」

「若様、されば」

「どこまでお力になれるか分かりませぬが、力を尽くさせていただきます」

「かたじけのうござる」

「さ、お風邪を召されぬようになされませ」

五

定信の願いを受け入れた若様は、共に清水屋敷を訪れた。

表向きは定信が菊千代に柔術の指南をすると装い、人払いをさせた上で拳法の指導を行うこととなったのだ。

「菊千代にございまする！」

「よしなにお頼み申します」

念願が叶って喜ぶ菊千代に、若様は敬意と親しみを込めて接した。

最初に教えることとなった金的《きんてき》蹴りと目つぶしは、武士らしからぬ技だった。

邪道《じゃどう》と呼ぶ者も居るだろう。

しかし曲者を退け、己が身を護るのに、これほど有効な技はない。

菊千代は初めて若様の戦う姿を目の当たりにした時から、そのことに気付いていたのである。

「先生、いま一度お願いします！」

「心得ました」

熱意を込めて申し出る菊千代に応える、若様の声は明るい。
この少年には、大人たちの思惑に負けまいとする気概がある。
その気概を失うことなく、育ってほしいと切に願う若様だった。

時代小説

二見時代小説文庫

南町《みなみまち》 番外同心《ばんがいどうしん》3 清水家《しみずけ》 影指南《かげしなん》

二〇二三年 三 月二十五日 初版発行

著者 牧《まき》 秀彦《ひでひこ》

発行所 株式会社 二見書房
〒一〇一-八四〇五
東京都千代田区神田三崎町二-一八-一一
電話 〇三-三五一五-二三一一 [営業]
〇三-三五一五-二三一三 [編集]
振替 〇〇一七〇-四-二六三九

印刷 株式会社 堀内印刷所
製本 株式会社 村上製本所

落丁・乱丁本はお取り替えいたします。定価は、カバーに表示してあります。

 ISBN978-4-576-23023-8
https://www.futami.co.jp/

牧 秀彦

南町 番外同心

シリーズ

以下続刊

①南町 番外同心1 名無しの手練《てだれ》

②南町 番外同心2 八丁堀の若様

③南町 番外同心3 清水家 影指南

名奉行根岸肥前守《ねぎしひぜんのかみ》の下、名無しの凄腕拳法番外同心誕生の発端は、御三卿《ごさんきょう》清水《しみず》徳川家の開かずの間《ま》から始まった。そこから聞こえる物《もの》の怪《け》の経文を耳にした菊千代《きくちよ》（将軍家斉《いえなり》の七男）は、物の怪退治の侍多数を拳のみで倒す〝手練〟の技に魅了され教えを乞うた。願いを知った松平定信《まつだいらさだのぶ》は、『耳嚢《みみぶくろ》』なる著作で物の怪にも詳しい名奉行の根岸にその手練との仲介を頼むと約した。「北町の爺様」と同じ時代を舞台に対を成すシリーズ！